Louanges Pour

<u>Comment devenir un mâle dominant</u>

« Salut John!

Tout d'abord, laisse-moi te remercier pour ce livre! Il est vraiment excellent et j'ai eu 4 aventures d'une nuit en deux semaines!!!. J'en suis évidemment très content! »

Oliver H., Suisse.

« J'ai rencontré 2 filles ... qui m'apprécient beaucoup avec qui je couche a ce jour. »

Bernard D., Paris, France

« Ça fait quelques mois que j'ai acheté votre book et les résultats sont bien meilleurs que ce que j'espérais au début. Depuis environ un mois, je suis dans une relation plus sérieuse avec une femme. Laissez-moi vous dire qu'elle est bien supérieure à toutes les femmes que j'ai eu dans ma vie auparavant, à tous les niveaux que vous pouvez imaginer. Elle est jolie, spirituelle, nous partageons les mêmes valeurs et le sexe est super avec elle. En fait, je considère sérieusement d'avoir une relation à long terme avec elle. .Merci encore, je n'aurais jamais rencontré une telle femme sans vos conseils. J'aurais été terrifié de l'approcher! »

Éric M., Québec.

« Le week-end dernier, j'ai rencontré cette fille dans un bar, elle était très belle. Pour faire court, elle m'a suivi jusque chez moi après que j'ai suggéré de lui préparer un petit-déjeuner à la maison.

« On n'en est jamais arrivé là. J'ai mis de la musique douce on a commencé à danser dans mon salon et 20 minutes plus tard, j'étais en d'elle. »

Titus W., Louisiane, États-Unis.

« Tient toutes ses promesses...
J'ai toujours peur qu'un book ne soit pas à la hauteur de toute la pub sur le site de promotion, mais votre guide du Mâle Dominant tient vraiment ses promesses. Je l'ai feuilleté et j'ai été impressionné par le soin et la profondeur avec lesquels vous couvrez plusieurs des sujets qui définissent vraiment ce qu'est un mâle dominant.

Mike Pilinski, autheur de « Without Embarassement » (« Sans Embarras »)

« Merci pour vos techniques, des femmes commencent maintenant à m'approcher et j'ai une copine. Elle a 19 ans, j'en ai 29. »

Rob Q., États-Unis.

Comment devenir un mâle dominant

- Attirer les femmes et les séduire
- Développez votre personnalité idéale
- Utilisez le langage corporel à votre avantage

Par John Alexander

Copyright et Droit d'Auteur

© Copyright 2011, John Alexander. Ce livre est enregistré au registre des copyrights US et est protégé par les lois internationales s'appliquant aux copyrights.

ISBN : 978-1-4357-9909-7

Traduit de l'anglais par Matthieu Colombié:
http://tinyurl.com/colombie

Mentions Légales

À l'achat et la lecture de ce livre électronique vous agréez que, lors de l'utilisation des informations qu'il contient, vous vous conformerez aux lois en vigueur. Vous agréez également que l'auteur du présent ouvrage ne pourra en aucun cas être tenu responsable de vos faits et gestes.

Pour dire tout ceci simplement : Vous êtes responsable de votre propre comportement, et j'attends de vous une attitude irréprochable !

Maintenant, venons-en à ce pour quoi vous êtes là…

Avant-Propos

Félicitations pour votre achat. « Comment Devenir un Mâle Dominant » va améliorer votre vie de manière significative. Le système que je vais vous révéler fonctionne absolument et, si vous **appliquez** ce que je vais vous apprendre, votre vie sexuelle s'en ressentira.

En Quoi Ce Produit Est-il Différent ?

Bien que j'aie terminé d'écrire ce livre en 2004 (avec beaucoup d'améliorations depuis), j'en ai commencé la rédaction en 2003 après avoir lu tous les ouvrages du genre « Comment draguer les filles » et avoir conclu que, bien que beaucoup d'entre eux soient bons (et même superbes), leurs conseils sont bien souvent trop difficiles à appliquer pour le timide (et paresseux) moyen qui n'a jamais vraiment eu beaucoup de succès auparavant.

Je ne suis pas en train de vous dire que ces systèmes ne fonctionnent pas, parce qu'ils fonctionnent vraiment. Le problème est que les hommes ne devraient pas avoir à mémoriser des listes sans fins de choses « à faire » et « à ne pas faire » pour séduire une femme. Le fait est que, séduire une fille, c'est FACILE. Il suffit de savoir comment s'y prendre.

Laissez-moi vous expliquer. Il existe, en gros, deux types d'ouvrages disponibles sur la question :

1. **Les manuels « Comment Séduire ».** Ceux-ci se concentrent sur les méthodes psychologiques qui permettent de captiver l'esprit d'une femme, souvent en utilisant des techniques d'hypnose... Et, ce faisant, l'amener à coucher avec vous.

2. **Les manuels « Comment Attirer ».** Ceux-là se concentrent sur les caractéristiques que les femmes trouvent attirantes, comme l'humour, le « rentre-dedans », leur raconter des histoires, donner des réponses rapides et intrigantes à leurs questions, leur faire voir que vous êtes quelqu'un de populaire, etc...

Avez-vous remarqué la similarité sous-jacente de ces deux méthodes ? Bien que les deux fonctionnent (et même très bien si vous les apprenez correctement), elles se concentrent toutes deux sur les **femmes.** À cause de cela, il y a une liste immense de choses à faire et à savoir si vous voulez coucher avec des femmes. C'est très pesant.

C'est pourquoi j'ai inventé un système beaucoup plus simple. Au lieu de se concentrer sur les femmes, *Comment Devenir un Mâle Dominant* se concentre sur **vous**. Avec cette méthode, vous pourrez très simplement **devenir** un homme que les femmes trouvent attirant, et ensuite... en étant seulement **vous-même...** vous pourrez facilement trouver des aventures d'un soir ou plus.

Ceci étant dit, je vais toutefois également vous enseigner tout ce que vous aurez besoin de savoir sur la psychologie féminine, ce qui vous rendra attirant à leurs yeux, et ce que vous devriez dire et faire pour être la cible de sollicitations féminines incessantes.

Mon système est le plus facile à mettre en place parce qu'il consiste en votre amélioration personnelle plutôt que de se concentrer sur ce que pensent les femmes et d'apprendre par cœur des techniques d'attraction psychologiques et autres méthodes d'hypnose.

En conclusion, il est possible d'avoir une vie sexuelle épanouie sans subir de stress ni s'ennuyer l'existence. Mes « trucs » n'ont rien de la mécanique quantique. Il vous suffira de… **Devenir un Mâle Dominant.**

Introduction

Je parie que vous vous dites que, comme je suis l'auteur d'un ouvrage de drague très populaire (en l'occurrence, celui que vous êtes en train de lire), je suis un séducteur né qui n'a jamais eu aucun souci pour séduire une fille. Ouais, c'est ça…

Vous vous rappelez le gars avec qui vous étiez à l'école et qui n'avait juste pas le « truc » socialement parlant ? Le gars qui n'arrivait jamais à avoir un rencard ? Le gars avec qui il était difficile de parler tant il avait du mal à tenir une conversation décente jusqu'au bout ? c'était moi ce gars.

Tout au long du lycée et des débuts de la fac, je n'avais aucun ami, je ne traînais avec personne et j'avais foiré avec toutes les filles avec qui j'étais sorti. Je passais mes week-ends tout seul, sexuellement frustré. J'étais toujours puceau lorsque j'ai eu 21 ans. J'étais très malheureux et ne voyais pas comment les choses auraient pu changer.

Pire encore, je prenais tous ces échecs très personnellement. Je pensais que quelque chose de fondamental clochait chez moi et, à cause de ça, j'étais extrêmement déprimé.

Je n'aimais pas du tout cette situation, et refusais d'accepter qu'elle fût sans espoir.

J'ai donc décidé de prendre les choses en main. Le succès auprès des femmes semblait naturel pour d'autres hommes, et j'étais déterminé à apprendre ce qu'ils savaient.

Les semaines suivantes, je me suis mis au travail.

J'ai dépassé mes habitudes et suis devenu ami avec des garçons qui avaient du succès en amour et j'ai copié tout ce qu'ils faisaient. J'ai lu tant d'ouvrages de psychologie et de communication que j'ai fini par pouvoir jurer en savoir plus à ces sujets que les professeurs qui les enseignaient. J'ai persisté jusqu'à l'obsession pour m'améliorer personnellement à tous les niveaux possibles, de mon attitude à mon apparence physique.

Pour apprendre à parler aux femmes, je me suis fais violence et suis allé parler à des tas de filles. Et même quand ça foirait, j'apprenais de l'expérience.

Et vous savez quoi ? Ça a payé. J'ai conçu le système que je vais vous enseigner et, depuis cette époque, vous ne pourriez tout simplement pas croire le succès que j'ai eu avec les femmes.

Je ne suis plus ce gamin naze aujourd'hui – j'ai quarante ans. Et je peux honnêtement dire que j'ai réalisé tous mes rêves, en termes d'amour et de sexe en tout cas, et je suis aussi heureux que cela est possible.

Comme je l'ai dit, j'ai lu assez d'ouvrages de psychologie et de communication pour faire de moi un expert en la matière, et les hommes aux côtés desquels j'ai appris sont parmi ceux qui ont eu le plus de succès en termes de femmes et de séduction. Cela m'a pris des années de travail acharné.
Vous, vous n'aurez pas à passer par tout ça, parce que j'ai réduit toute cette expérience à l'essentiel pour vous.

Cet ouvrage est l'essence de tout ce que j'ai appris et utilisé pour rencontrer le succès. Et pas seulement, les informations que je vais vous donner m'ont déjà servi à aider d'autres hommes à arriver à leurs fins en la matière. Certains d'entre eux, honnêtement, étaient véritablement les pires losers que vous auriez jamais pu imaginer. Et s'ils peuvent y arriver, alors vous le pouvez aussi.

Alors que vous embarquez sur le chemin de l'auto-amélioration masculine vous devez **partir du principe que tout ce qui est dit dans ce livre fonctionne jusqu'à ce qu'il en soit prouvé le contraire.** En d'autres termes, il vous faut y croire !

Ce livre vous explique clairement quelles sont les choses que les femmes trouvent attirantes chez un homme et vous montre comment vous pouvez, pas à pas, non seulement **agir** de manière attirante mais aussi **devenir** quelqu'un d'attirant. Et une fois que vous serez **devenu** un homme attirant, vous réaliserez vos rêves simplement en étant vous-mêmes.

Un mot personnel cependant, destiné à ceux d'entre vous qui pourraient être en train de penser : « Ouais, ça à l'air super, mais je suis ce que je suis et ça n'est pas près de changer ». **C'est des conneries.** Le changement est déjà en vous. Si vous pouvez vous imaginer ainsi, alors vous pourrez l'être. Quatre-vingt-dix pour cent du succès, c'est de croire en votre propre succès. Il s'agit ici d'image mentale, c'est une technique que presque tous les athlètes de haut niveau utilisent. Ils s'imaginent en vainqueurs bien avant d'avoir posé le pied sur le terrain.

Prenons un exemple : imaginons que vous venez de gagner le gros lot de la loterie. Vous avez un million **d'euros.** Si vous entriez alors dans une boîte de nuit, pensez-vous que vous marcheriez d'un pas plus confiant ? Que vous vous verriez avoir plus d'autorité ? Évidemment ! Les filles savent toujours reconnaître un homme qui a du succès, que cela soit en termes d'argent, de pouvoir ou de n'importe quoi d'autre, rien qu'à la façon dont il se tient.

Et je vais vous montrer, non seulement, comment vous tenir, mais aussi comment être véritablement plus confiant, pour que votre démarche et votre attitude disent pour vous au monde entier: « Hé ! C'EST MOI le boss ! »

CHAPITRE 1 : La Vérité sur L'Amour des Femmes pour le Sexe… Vous Allez Peut-être Être Surpris

« Les femmes sont trop compliquées. »
« Les femmes en demandent trop. »
« Je ne comprends pas les femmes. »

Vous entendez ces conneries à longueur de temps. Et, honnêtement, ce sont des excuses. Les autres hommes disent ça car il est plus facile de baisser les bras et de penser que les femmes ne sont que des casse-têtes impossibles à résoudre, plutôt que de s'y essayer vraiment en consacrant tout son esprit à les comprendre.

Voilà ce que vous devez savoir sur les femmes, et c'est plutôt une bonne nouvelle : Ce sont des créatures très sexuelles sur un plan fondamental, biologique. En fait, elles aiment probablement le sexe encore plus que nous. Vous avez déjà remarqué comment les femmes gémissent d'avantage que les hommes lorsqu'elles font l'amour ?

Ce Que Redoutent Toutes Les Femmes (et le truc pour les rassurer et les amener à faire tout ce que vous demanderez !)

Malheureusement la société conditionne les femmes à croire, dans la partie logique de leurs cerveaux, (pas la partie émotionnelle) qu'aimer le sexe, c'est « mal ».

Parce que les femmes ont tendance à être des créatures sociales (d'avantage que les hommes, pour des raisons d'évolution psychologique), **des étiquettes telles que « salope » ou « pute » ont un fort impact négatif sur elles.**

Aucune de ces conséquences néfastes ne concerne les hommes qui ont beaucoup de partenaires sexuelles. Donc, voici la tragédie suprême du système misogyne mis en place par la religion et la société pour réprimer la sexualité féminine... Partout, les hommes ont beaucoup plus de difficulté à exprimer leur sexualité que s'ils vivaient dans des temps reculés où les femmes seraient sauvages et désinhibées.

Votre travail en tant qu'homme moderne est donc de contourner le conditionnement féminin imposé par la société et de révéler la femme naturelle, authentique.

Ça a l'air difficile ? Croyez-moi, ça ne l'est pas ! Dans un sens, les femmes sont comme des cadenas. Ils semblent impossibles à ouvrir si vous utilisez la mauvaise clé, mais dès que vous avez trouvé la bonne, ils s'ouvrent sans problème. Et oui, vous POUVEZ le faire. Je vais vous montrer comment.

Pour révéler la femme naturelle qui se cache au fond de chaque fille, vous devez toujours garder à l'esprit, qu'**à un niveau inconscient, les femmes adorent le sexe et qu'elles en ont envie tout autant (et peut être même plus) que nous.**

Et, comme si le conditionnement que la société impose aux femmes ne suffisait pas, une force bien plus grande réside en elles-mêmes : leur biologie. Avoir un enfant est une conséquence complètement naturelle de la sexualité, et toute femme sait ça.

Et elle sait que si elle tombe enceinte alors qu'elle n'est pas censée l'être, les gens parleront. Voilà où réside la tragédie suprême de la condition féminine ; en dépit de leur amour du sexe, elles ne peuvent le vivre librement sans peur d'être traitées de salopes.

Donc, pendant que vous – en tant qu'homme sexuel – emmenez vos rencontres avec le sexe opposé sur le terrain de la sexualité, il vous faut empêcher votre partenaire d'avoir l'impression d'être une salope.

(Au passage, la discrétion sur vos relations joue grandement à votre avantage. La dernière chose que vous devriez vouloir faire est de rechercher l'approbation comme le font ces mâles dominés qui se vantent devant leurs potes des femmes qu'ils se sont tapées. Vous n'avez pas besoin de l'approbation de vos amis, alors il faut oublier ce type de conversations de vestiaires ! Les vrais hommes n'ont pas besoin de ça.)

Vous avez déjà discuté avec des gars qui vous disent : « Nous, les hommes, nous ne comprendrons jamais les femmes » ? Et bien, les femmes ne sont vraiment pas aussi mystérieuses et complexes que ces gars le pensent. Elles ne sont pas non plus aussi différentes que certains d'entre nous pourraient penser.

Maintenant que nous savons que les femmes aiment et ont envie de sexe, il est acceptable pour vous d'avoir le sexe en tête alors que vous établissez un échange avec une femme. En fait, c'est même plutôt une bonne idée.

Ce qu'il vous faut, par contre, éviter de faire à tout prix, c'est de **verbaliser** vos intentions. Vous ne devez RIEN dire qui ait un rapport avec le sexe, ou vos intentions en la matière, à une femme.

Lorsque vous révélez vos intentions sexuelles à une femme en le disant, vous faites appel à la partie logique de son cerveau, ce qui entraîne un rappel du conditionnement sociétal. « Oh oh, » pense-t-elle alors. « Ce gars est grossier, vulgaire et dégueulasse. Je vais me faire traiter de salope. »

Il vous faut donc éviter d'être trop explicite en matière de sexe, tout en gardant en tête l'amour des femmes pour le sexe. Vous devez alors essayer de communiquer sexuellement sans rien dire à ce sujet. Utilisez votre langage corporel, pas votre bouche.

Ce Qui Plaît Aux Femmes

Ne prêtez pas attention à ce que disent les femmes sur le type d'homme qui leur plaît ; faites plutôt attention à leur comportement et au type d'homme vers lequel elles se dirigent vraiment.

Si les femmes étaient honnêtes, elles diraient que le type d'homme qui leur plaît est « un homme sexuel, qui sera à l'origine d'une opportunité de relation sexuelle et persistera dans cette voie jusqu'à dépasser mes barrières. » Cependant elles n'osent pas dire cela de peur d'être traitées de « salope ».

Les femmes aiment les relations, mais elles n'ont pas besoin des hommes pour cela. Après tout, les femmes ont des relations d'amitié très fortes avec leurs copines. Je ne saurai assez le répéter – les femmes cherchent un homme qui leur procure du plaisir sexuel.

Mais voilà un autre ennui biologique : les femmes, en général, choisissent un rôle passif en termes de sexualité. Cela implique que vous, l'homme, devez faire tout le travail pour arriver jusque dans leur lit.

Ne la faites pas prendre les choses en main. Réfléchissez-y une seconde : Elle vit dans la peur de l'étiquette de salope **et** vous attendez d'elle qu'elle prenne les devants ? Ça n'est pas difficile à comprendre que tant de mecs aient du mal à coucher. Ils en attendent trop – une femme ne prendra tout simplement pas autant de risques.

Pour coucher avec elle, vous allez devoir créer une situation dans laquelle elle sentira qu'elle peut le faire sans que cela ait aucune conséquence pour elle. De son point de vue, elle se dira : « Ce mec m'a fait perdre la tête. Je n'ai eu aucun moyen de lui résister ! »

Voici un exemple : Le mois dernier, j'ai dragué une fille pendant l'happy hour. Nous avons discuté pendant presque deux heures, de sujets qui rendent les femmes hyper loquaces et que je vous révélerai bientôt.

Nous avions un bon contact, et tout à coup (après deux heures de conversation !) elle m'annonce qu'elle a un copain.

À ce moment-là, il y a un certain nombre de façons dont on peut réagir. La plupart des mecs auraient soit :

a) Été vexés et seraient partis, amers quant à la façon dont cette fille les avait « menés en bateau ».

b) Continué à lui parler en essayant de la convaincre de laisser tomber l'autre gars.

Ne vous sentez pas mal d'avoir alors choisi l'option a) ou b). Croyez-moi, je le faisais aussi avant. Dorénavant, j'ai appris qu'il existe une meilleure solution, que j'appelle « Option c) » : Réagissez nonchalamment, en gardant votre attitude de mâle dominant et en lui montrant que ce qu'elle vient de vous dire ne vous a pas troublé.

« Très bien », ai-je répondu d'un ton joueur. « Il sera là pour vous acheter de jolies choses quand vous en aurez fini avec moi ».

Elle a ri, ce qui me montra que j'avais totalement raison sur ce qui se passait entre elle et moi ce soir-là.

D'habitude, je ne drague pas de filles déjà prises, mais allons, cette fille flirtait sérieusement avec moi depuis deux heures dans ce bar… sa relation avec son copain était-elle si bonne ?

(Et, au fait, si une femme qui a déjà un mec vous drague, écoutez-moi bien… si elle ne couche pas avec vous, alors elle trouvera un autre gars qui satisfera ses désirs charnels. Son copain actuel ne la satisfait pas ou alors elle ne serait pas en train de flirter avec d'autres hommes.)

Alors que la soirée avançait, nous avons trouvé l'excuse parfaite pour qu'elle passe chez moi. Elle était fan de la famille royale anglaise, et je lui ai dit que j'avais une collection de magazines people qui datait d'un voyage en Grande-Bretagne. « Viens les voir », lui ai-je dit.

Une fois chez moi, bien sûr, il a juste s'agit de maintenir nos échanges sous contrôle jusqu'au moment où elle serait prête à passer à l'action. (Je vous expliquerai comment y parvenir dans un chapitre à venir.)

En d'autres termes : du sexe **sans conséquences**. Voilà ce que cherchent les femmes.

Vous avez déjà entendu des histoires de femmes en vacances qui cherchent des aventures d'un soir. Vous vous êtes déjà demandé pourquoi elles font ça ? C'est parce qu'il n'y aura pas de conséquences pour elles ; personne ne les traitera de salopes. Cette aventure arrive spontanément, car les conditions s'y prêtent. Une femme qui se trouve à des milliers de kilomètres de chez elle peut répondre à ses désirs charnels, et personne chez elle n'aura besoin de le savoir.

Ne Soyez Pas Explicite À Propos De Ce Que Vous Avez En Tête

Il existe une espèce de rituel d'accouplement chez les humains. C'est un peu comme une danse, qui durerait plusieurs heures. Ce rituel doit suivre les étapes qui conviennent pour que l'acte sexuel puisse avoir lieu.

Nous les hommes, nous avons cette tendance malheureuse qui consiste à vouloir mettre les choses au clair rapidement, nous voulons savoir ce qui se passe entre nous et elle, et nous voulons aussi savoir si elle serait tentée par une relation sexuelle avec nous.

C'est une énorme erreur.

Il ne faut jamais verbaliser le rituel d'accouplement ni ses étapes. Ne soyez pas trop explicite quant à vos intentions. C'est un comportement masculin logique. La logique tue les émotions, et les émotions d'une femme sont **cruciales** si vous voulez qu'elle soit sexuellement réceptive à vos appels.

En ne parlant pas de vos intentions sexuelles, vous donnerez l'illusion que vous aurez couché ensemble « spontanément ». Vous garderez active la partie émotionnelle de son cerveau tout en maintenant la partie logique inactive. Et c'est ce que nous cherchons – c'est la partie logique du cerveau qui dit « Non » !

Si elle vous voit comme un vrai gentleman avec qui ce premier rendez-vous s'est superbement bien passé, alors elle raisonnera le fait que, même si elle ne couche normalement pas le premier soir, vous étiez l'exception.

Souvenez-vous de ceci : ce que cherchent les femmes c'est un partenaire sexuel qui leur donne du plaisir… et elles veulent que vous preniez les commandes.

CHAPITRE 2 : L'Erreur Numéro 1 que Font Les Hommes et Comment L'Éviter, Une Bonne Fois Pour Toutes

À l'age canonique de 23 ans, un de mes amis est sorti avec une fille pour la première fois. Bien qu'il fût un simple étudiant en Droit, arrivant tout juste à joindre les deux bouts, il réussit à dépenser plus de 3000 dollars pour cette fille en l'espace d'un tout petit mois, claquant son argent en vins coûteux et autres cadeaux inutiles.

Alors qu'il avait couché avec elle plusieurs fois pendant ce laps de temps, elle le quitta pour un autre homme. Mon ami eut le cœur brisé pendant des mois après cela et il dut également trouver un boulot à mi-temps pour renflouer son compte en banque.

Moi aussi j'ai fait ça. J'ai payé des repas, des séances de cinéma à des filles…et même une bague à 500 dollars pour laquelle j'avais économisé longtemps à l'époque du lycée. J'avais même l'habitude d'offrir systématiquement un bouquet de fleurs à 30 dollars pour un premier rendez-vous.

Tout cet argent a été dépensé, sans grand résultat. Tout ce que je voulais c'était du sexe, l'affaire semblait bonne… la fille avait les cadeaux que je lui payais et, en échange, tout ce qu'il lui fallait faire, c'était écarter les jambes.

Ça vous rappelle quelque chose ? Vous sentez-vous frustrés quand vous ne baisez pas comme prévu, même après toutes ces dépenses ?

Mais voilà, vous vous basez sur une fausse croyance. Les dépenses d'argent n'entraînent pas nécessairement l'écartement des jambes.

Le problème, lorsque l'on gâche de l'argent pour une femme qui ne l'a pas mérité, c'est au niveau de ce que cela communique. Voici l'information que vous lui donnez, de façon limpide : elle vaut plus que vous, et vous **devez** gagner son approbation en l'achetant.

C'est comme si vous disiez, « D'accord, je vaux moins que toi, mais si j'ajoutais une douzaine de roses, un bon restau et de très jolies boucles d'oreilles en diamant ? » Vous voyez le tableau ?

La réalité, cependant, c'est que si vous savez que vous valez cher, alors vous n'avez pas besoin d'acheter son approbation.

Je sais bien que de dire de ne pas « acheter de cadeaux aux femmes » va à l'encontre de ce que les hommes pensent de manière logique, et à l'encontre de tout ce que l'on nous a enseigné. Après tout, nous sommes tous élevés dans la croyance que si nous voulons quelque chose de valeur, nous devons être prêts à en payer le prix, n'est ce pas ?

Et bien, c'est vrai en ce qui concerne les objets inanimés, mais pas dans le cas des femmes.

Imaginons une très jolie femme classique. La plupart des hommes la jugent comme ayant une grande valeur et se prosternent donc à ses pieds en bénissant le sol qu'elle foule. Elle ne paie jamais rien nulle part.

En général, quel type d'homme intéresse cette femme-là ? La plupart du temps quelqu'un avec un statut social élevé, qui ne voit pas comme essentiel de lui acheter des choses pour gagner son affection. Oh, bien sûr il le fera plus tard, une fois qu'il l'aura, pour qu'elle ait de belles choses à montrer… Mais pas pendant qu'il la drague.

La conclusion, c'est qu'il y a trois règles intransgressibles en matière de dépenses d'argent pour une femme. (Si vous foirez ça, vous rentrerez chez vous, non seulement fauché, mais aussi avec votre fusil toujours chargé.) Posez-vous toujours ces questions pour savoir s'il vous faut payer :

1) **Quelle est ma valeur ? Et la sienne ?** si vous faites l'effort de payer, vous lui communiquez que vous pensez qu'elle vaut plus que vous.

2) **Mérite-t-elle ce que je vais lui donner ?** En tant que mâle dominant vous récompensez les bons comportements. Alors soyez sûrs que cette femme a fait quelque chose pour gagner votre approbation ! (J'ai récemment claqué 100 dollars pour un repas avec une fille que je vois. Je l'ai fait car elle m'avait fait la meilleure pipe de ma vie. Ne vous trompez pas ici : **la seule et unique raison** de payer pour un rendez-vous coûteux avec une femme est qu'elle ait fait quelque chose de particulier pour le mériter, comme vous satisfaire sexuellement.)

3) **Dois- je payer en tant que mâle dominant ?** Faites attention de ne jamais payer pour entraîner une femme dans votre lit, c'est une attitude de mâle dominé en manque.

Il vous faut, dès à présent, commencer à vous voir comme un homme de grande valeur. À partir de là, vous devez, en tant qu'homme de grande valeur, vous mettre en tête que oui, vous êtes intéressés par les femmes, mais sous réserve qu'elles se comportent bien.

Et aussi, vous ne devez jamais **dire** à une femme que vous lui achetez quelque chose pour la récompenser. Récompensez simplement ses bons comportements et évitez d'encourager les mauvais. Vous verrez que les choses vont très nettement s'améliorer.

Et lorsque vous achetez quelque chose à une femme, n'en faites jamais quelque chose d'exceptionnel. Vous pouvez dire quelque chose comme : « Je paie les cafés, c'est pas grand-chose ». Ce que cela lui communique est que vous êtes intéressé par votre interaction sociale et que vous ne prêtez même pas attention au verre que vous venez de lui offrir.

Cela implique aussi que vous ne l'emprisonnez pas. En disant, « c'est pas grand-chose », vous clarifiez le fait que vous n'attendez pas d'elle qu'elle vous rende la pareille.

« Il-m'achète-des-choses-parce-qu'il-voudra-quelque-chose-plus-tard » est un comportement que beaucoup de femmes voient comme étant manipulateur. La conséquence en est souvent que l'homme en question se voit refuser l'acte sexuel. Honnêtement, de nombreux hommes tombent dans ce piège en faisant toute une histoire des choses qu'ils achètent pour les femmes. Ne soyez pas un de ces gars-là.

Malheureusement, la femme moyenne est déjà sortie avec tellement de mecs qui lui payaient des trucs pour se la taper que, quand vous lui achetez quelque chose, cela déclenche une réaction négative automatique de sa part. « Beurk, il essaie d'acheter du sexe, » pense-t-elle, et elle vous tourne alors le dos. La femme moyenne n'est pas une prostituée et ne veut pas être traitée comme telle.

Très bien, mais que faire alors lorsque arrive l'addition ? Tout d'abord, vous ne devriez jamais emmener une femme dans un restaurant coûteux **qu'après** avoir couché avec elle. Une fois que ce sera fait, emmenez-la dans un super restaurant pour la récompenser.

Votre premier rendez-vous doit être quelque chose de simple et de bon marché, un café par exemple. De cette manière lorsque l'addition est là, ça n'est vraiment pas grand-chose.

Un truc de base est de se demander si vous paieriez l'addition si vous étiez avec un copain à vous au lieu d'une femme. Si la réponse est oui, alors faites-le.

Et ne vous dites pas que vous vous êtes fait avoir parce que vous avez payé l'addition pour un café. Vous ne voulez pas passer à côté d'une partie de jambes en l'air parce que vous avez été trop radin pour payer un cappuccino à 3 euros.

Le principal ici, c'est que vous compreniez **pourquoi** vous faites tout ça.
N'achetez jamais quelque chose à une femme et ne cédez jamais à ses demandes parce que vous pensez qu'il vous faut gagner son approbation. Au contraire, vous devez avoir à l'esprit que vous êtes un mâle dominant et que tout ce que vous pouvez faire pour elle dépend de ce qu'elle aura fait pour le mériter.

CHAPITRE 3 : Les Trois Grandes Catégories D'Hommes— Mâle Dominant, Mâle Dominé/« Mec Sympa », et Les Connards.

Le Mâle Dominé « Mec Sympa »

En grandissant, ma mère, mes tantes et toutes les autres femmes autour de moi m'ont toujours dit que, pour avoir une copine, il fallait être un garçon gentil. Il me faudrait constamment lui acheter des fleurs, des cadeaux et la faire sortir.

« Wow », pensais-je, « il me faudra avoir un super boulot pour pouvoir dépenser tout cet argent ! »

Et malheureusement, j'ai intégré ce conseil. Tout au long du lycée et durant la plupart de mes années de fac, j'ai essayé d'être un mec sympa, celui que les filles étaient censées vouloir. Les filles me **répétaient** sans cesse à quel point elles m'appréciaient. Elles me disaient des conneries du genre : « Je t'adore tellement ». Mais le plus loin où cela m'a mené a été un bisou sur la joue.

À la fac et les années suivantes, le conseil changea. Tout à coup, il paraissait évident pour tout le monde que pour avoir du succès avec les filles, il fallait se comporter comme un connard et non pas comme un mec sympa.

J'ai testé ce conseil-là et ai remarqué que certaines femmes étaient plus réceptives à mes avances lorsque je me comportais comme un connard. Cependant, je n'obtenais toujours pas le succès que je souhaitais. Bien que je fusse parvenu à avoir ma première relation sexuelle, j'avais également un grave problème d'estime personnelle. Et j'avais toujours le même problème qui était que la plupart des filles me préféraient d'autres garçons.

Alors, j'ai bien observé les mecs qui avaient du succès avec les filles, ceux qui n'en avaient pas, et ceux qui étaient entre les deux. J'en ai conclu qu'il existait trois grandes classes d'hommes. Et il y en clairement un ordre de préférence, lorsque l'on demande leur avis aux femmes.

En bas de la liste, on trouve les mecs sympas, qui forment la grande majorité de la population masculine. Le mec sympa est celui qui quémande du sexe, tout simplement. Il arrive à la porte d'une fille avec des fleurs, la conduit dans de superbes restaurants et lui paie des filets mignons arrosés de bons vins.

Ensuite, lorsqu'il la ramène chez elle, il repart la queue entre les jambes parce qu'elle ne l'invite pas à rentrer. Et le mieux dans tout ça, c'est qu'il n'apprend pas de ses erreurs, car il retentera la même tactique sur la prochaine.

Et vous voulez connaître l'ironie de tout ça ? Croyez-le ou non, les femmes pensent que ces « mecs sympas » sont des manipulateurs.

La raison pour laquelle le mec sympa lui offre autant de cadeaux paraît évidente pour la fille en question. « Ils ne pensent tous qu'à une seule chose ! » est une phrase que cette fille se répète sans cesse à propos du mec sympa. Elle pense toutefois qu'il pourrait avoir le potentiel pour une relation sérieuse, alors elle peut choisir de le garder au chaud et couchera éventuellement avec lui.

Et elle ne manque pas de le faire poireauter ! Certaines femmes jugent qu'il est bon d'attendre le troisième rendez-vous pour coucher. Le mec sympa aura lui, l'impression d'avoir gagné au loto, car beaucoup d'autres femmes l'auraient fait attendre des mois.

Et quand, finalement, ils couchent ensemble, c'est un grand événement, et la fille en fait toute une histoire. Reste à espérer que ce garçon n'aura pas un trop gros appétit sexuel car il ne décidera pas de ses rapports. Il devra accepter qu'elle décide d'être « d'humeur » ou pas.

Alors, pourquoi les gars sympas n'y arrivent-ils pas ? Le problème du mec sympa est que, non seulement les femmes le jugent manipulateur, mais elles le voient aussi comme étant **ennuyeux.** Le mec sympa parle de choses logiques comme les politiques extérieures et les moteurs de voitures. Parfois, il lui arrive de se vanter de ses qualités et de l'argent qu'il gagne, faisant implicitement référence à tout ce qu'il peut lui acheter. « Quel nul », pensera-t-elle.

Vous lancer dans des conversations techniques et essayer d'impressionner une femme avec vos connaissances ou votre pouvoir d'achat est une erreur que commettent 99% des hommes. Cela tue l'attirance que peut avoir une femme, car cela lui communique **des manques** et une **faible valeur.**

Si vous ne cherchiez pas son approbation, vous ne seriez pas en train d'essayer de l'impressionner. Si, par contre, vous étiez un homme de grande valeur (un mâle dominant) alors ça serait elle qui chercherait votre approbation.

L'autre problème, bien sûr, est qu'une femme qui se trouve en plein rituel d'accouplement avec un homme, déteste les conversations techniques et logiques. Ça la fait sortir de sa transe. Donc, vous ne devrez parler de cet article du *Monde* sur les politiques chinoises d'exportation que lorsque vous serez avec vos potes.

Ne me méprenez pas surtout. Vous ne devez pas faire semblant d'être une espèce d'idiot quand vous êtes avec une femme. En fait, les femmes trouvent très attirant qu'un homme soit expert en quelque chose. Ce dont il vous faut être sûr cependant, c'est de parler de choses **intéressantes** dans votre domaine de compétence, pas de sujets prise de tête.

En fait, quelque chose que vous devriez faire tout de suite, si ce n'est déjà fait, c'est de devenir expert en quelque chose. Peu importe en quoi… l'immobilier, le rock, South Park, les religions, l'Histoire, etc.

Un homme expert en quelque chose devient automatiquement un mâle dominant dans ce secteur. Soyez simplement sûr de l'intéresser avec le savoir que vous partagerez. Ne l'ennuyez pas. (Quand vous lui racontez une histoire, demandez vous : « cette information passerait-elle à la télé ou serait- ce plutôt quelque chose qu'un prof de fac dirait ?»)

« Girls just wanna have fun » (les filles ne veulent que s'amuser) comme le dit la chanson, et le mec sympa et ennuyeux n'est pas amusant. Allez donc dans un endroit couru des personnes célibataires et livrez-vous à cet intéressant exercice en observant des couples.

Si la fille a l'air de s'ennuyer ou est sans arrêt en train de regarder son portable, alors elle est avec son copain. C'est parce que son copain est un mec sympa qui ne l'intéresse ni ne l'excite pas.

Si, par contre, elle est en train de rire et qu'elle a l'air de passer un bon moment, vous êtes probablement en train de regarder un mâle dominant qui essaie de la séduire.
Notez bien que le mâle dominant qui drague une fille à un rapport simple avec elle. Ils parlent tous deux comme s'ils se connaissaient depuis très longtemps.

Le problème des mecs sympas est leur état d'esprit. Un homme qui supplie une femme le fait à cause de son insécurité personnelle, il désespère d'obtenir son approbation et son attention sexuelle.

Vous voulez vous faire des jolies filles? Avant tout autre chose alors, gardez ceci en tête : La façon la plus simple et rapide de détruire les sentiments que pouvait commencer à éprouver une femme à votre égard, c'est de paraître manquer d'assurance, d'être en manque d'affection ou de rechercher l'approbation. Quand votre état d'esprit est celui de plaire à tout prix, vous finissez par craquer trop vite. Vous aurez l'air d'être en demande. Comme si vous mendiiez.

Ça me rappelle ce qui se dit à propos des banques, elles prêtent seulement aux riches. Si vous avez vraiment besoin d'argent, il vaut mieux laisser tomber.

Le Problème avec le fait d'Être « Son Ami »

Avez-vous déjà accepté d'être l'ami d'une fille, pour pouvoir être à ses côtés alors que le temps passe, en espérant qu'elle finirait par craquer sur vous ? Beaucoup de garçons font ça. Surtout les plus timides.

Ces mecs **finissent par servir de serviettes émotionnelles jetables pour ces femmes.** Ils écoutent attentivement leurs amies leur expliquer à quel point les vrais hommes dans leurs vies sont des cons.

Croyez-moi, j'ai vécu ça. Jusqu'au jour où une amie à moi, sur laquelle je craquais complètement, m'a demandé de venir dans son appartement. « Génial ! » ai-je alors pensé. C'était le moment que j'attendais, pas vrai ? Pas vraiment...

Nous nous sommes assis dans son salon et, comme un mec sympa, j'ai fait ce qu'elle voulait. C'est-à-dire passer deux heures à l'écouter méticuleusement répéter tout ce que son voisin de palier (un barman drogué) lui avait dit durant le déjeuner. « Il a ri et a dit que j'étais idiote. Tu crois que je lui plais? »

J'ai fait du mieux que j'ai pu. Je lui ai dit que je pensais que ce gars était un connard et qu'elle pouvait trouver mieux. Je lui ai donné toutes les raisons valables et logiques qu'il y avait. Elle m'a dit être d'accord. (Les filles qui sortent avec le « mauvais » gars sont toujours d'accord pour dire qu'il est le mauvais. Ensuite, bien sûr, elles ignorent tout ça et couchent avec lui. Comme mon amie l'a fait.)

S'il y avait une justice en ce monde, les femmes finiraient par s'intéresser aux mecs sympas. Pour dire vrai, elles le font parfois, habituellement lorsqu'elles sont plus âgées. À ce moment-là, elles se sont en général fait faire des enfants par un connard qui les a plantées là avec les gosses. Pour elles alors, l'idée d'un homme faible qui restera là et apportera régulièrement son salaire à la maison commence à avoir un intérêt.

Les femmes n'aiment tout simplement pas les hommes mous et faibles, pas autrement qu'amis en tout cas. Et si vous agissez en gars sympa et faites ce qu'elle vous demande et vous reportant à son jugement, elle ne vous respectera pas.

Les mecs sympas veulent que les femmes décident d'où ils iront manger et de quand ils feront l'amour. Ils ne se doutent pas que ceci les fait tomber de manière définitive dans la catégorie « juste amis ».

Et c'est pour cela que le mec sympa ne baise pas. Comme je vous l'ai dit, les femmes ne veulent pas prendre l'initiative pour le sexe. Vous, en tant qu'homme, devez prendre les commandes. C'est ce que les femmes attendent de vous, et croyez-moi, elles adorent quand vous le faites.

Éviter l'État D'Esprit du Mâle Dominé

En plus d'être trop incertains, les mecs sympas ont aussi tendance à être passifs-agressifs. Les femmes sont elles-mêmes parfois, passives-agressives, ainsi, cette caractéristique à tendance à les refroidir quand elles la rencontrent chez un homme.

Qu'est ce qu'être passif-agressif ? C'est être passif jusqu'au moment où l'on vous pousse trop loin, et où vous devenez tout à coup agressif. Vous avez déjà rencontré une femme qui veut que vous lisiez dans ces pensées et préveniez ses désirs et qui vous fait une scène lorsque vous vous trompez ? C'est un comportement passif-agressif.

Plutôt que de se situer entre l'agressivité et la passivité, le gars sympa va constamment prendre sur lui pour donner à la femme ce qu'elle veut.

Une fois que la femme aura trouvé cela suffisamment inattirant , elle le quittera pour un autre qui sera plus excitant. Le mec sympa se plaindra du fait « qu'il a tout fait pour elle ». Alors que c'est justement ça le problème.

Les mecs sympas ont aussi un problème de jalousie, qui vient de leur insécurité. Leur dépendance est trop évidente ; leur bonheur dépend entièrement de leur compagne. Ils refusent qu'elle parle à d'autres hommes de peur qu'elle ne s'enfuie avec eux et qu'il ne perdent leur bonheur.

Voyez-vous, le problème avec le sentiment de jalousie qu'ont tant de mâles dominés, c'est qu'il vient d'un besoin. Alors, si jamais vous ressentez ça pour une femme, taisez-vous jusqu'à ce que ça passe.

Lorsqu'une femme sent qu'un homme est jaloux, c'est comme s'il lui disait : «je me sens inférieur à tous ces hommes auxquels tu parles ».

Ce manque de confiance en vous engendrera un manque de confiance de la part de votre compagne également. Elle commencera à se demander si l'herbe n'est pas plus verte chez le voisin.

Je sais que c'est difficile de ne pas être jaloux, mais considérez-le de cette façon : Si vous étiez si sûr que vous étiez un bon coup, que vous pourriez vous faire plein d'autres femmes facilement et baiser autant que vous le voulez sans problème. Cela vous importerait-il autant qu'elle aille parler à d'autres mecs ? Bien sûr que non, parce que cela serait une perte pour elle (Et vous iriez tout simplement vous en trouver une autre) !

Ok, alors voilà une nouvelle attitude que je veux vous voir adopter : « **Je suis un mâle dominant de grande valeur.** » Répétez-vous cela régulièrement tous les jours, comme si vous y croyiez vraiment.

Au fait, vous vous demandez probablement encore ce que vous devez faire si votre copine va parler à un autre mec. Et bien, la pire chose à faire est de vouloir l'en empêcher (ironique non ?). Cela lui ferait croire qu'elle vaut mieux que vous.

Au lieu de ça, le meilleur moyen de contrer ce type de comportement est de dire, « amuse-toi bien », avec un ton complètement indifférent, lorsqu'elle vous dira qu'elle va voir un autre homme. Faites-lui comprendre que cela ne vous perturbe pas le moins du monde.

Pendant ce temps, vous irez parler à d'autres femmes.

Ceci échangera les rôles, et elle commencera à s'inquiéter de la possibilité que vous la quittiez pour une autre. Cela vous impose comment étant celui qui a la valeur la plus grande.

Une autre façon d'éviter de vous préoccuper du comportement d'une femme est de ne jamais prendre aucune femme sérieusement ou de prêter attention à ce qu'elles pensent.

Se préoccuper outre mesure des pensées et sentiments d'une femme est une perte de temps. Il se trouve en effet, que **vous n'avez aucun contrôle sur ce qu'elle pense ou ressent**. Vous n'avez de contrôle que sur vous-même.

Au lieu de prendre tout cela trop au sérieux (ce qui leur donne le pouvoir, et vous rend inattirant), essayez de les voir globalement comme une source de plaisir et d'amusement dans votre vie. C'est tout.

Pour réussir à avoir le dessus avec les femmes, voici quelque chose que vous devriez essayer.

La prochaine fois que vous êtes en compagnie d'une femme, essayez de lui dire « non » à un moment précis. Dire « non » à une femme peut se révéler un outil très puissant. Faites-le par contre avec douceur. Par exemple :

Elle: « Allons louer un film ».
Vous: « Non, pas encore. Allons-y dans une heure ».

En lui disant non, vous établissez votre autorité et la mettez au défi. Si elle vous voit comme un défi, vous l'exciterez, au lieu de l'ennuyer.

Si vous dites OUI à tout ce qu'une femme suggère, alors elle commencera très vite à vous dire NON à vous, au pire endroit de tous... Dans votre lit.

Ce qu'il vous faut savoir, avant tout, c'est que les femmes détestent voir toute forme de dépendance. Le mâle dominant leur plaît car son bonheur ne vient que de lui-même, il ne les accable pas de la responsabilité de son propre état émotionnel.

Permettez-moi d'insister sur un point ici : votre état émotionnel est **essentiel** avec les femmes. Pour qu'elles vous considèrent comme aimable, il vous faut d'abord vous aimer vous-mêmes. Il vous faut être passionné par votre propre vie et savoir ce que vous voulez.

Il y a trop de mecs sympas qui sont déprimés et peu sûrs d'eux dans ce monde. C'est pourquoi, en matière d'amour, le mec sympa finira toujours dernier.

Le Connard

À l'échelon suivant, au-dessus du mec sympa, se trouve le connard. Il attire plus les femmes que le gars sympa pour la simple et bonne raison qu'il n'est pas ennuyeux.

Bien que le connard crée une suite sans fin de hauts et de bas émotionnels dans ses relations, au moins, sa copine connaît des moments émotionnellement forts en sa compagnie. En d'autres mots, bien qu'il la fasse pleurer, il la fait aussi rire. Et le fait qu'elle ne sache pas à l'avance à quoi elle va avoir droit crée une certaine excitation dans sa vie. De plus, d'une perspective féminine, les émotions négatives ont le mérite de ne pas être ennuyeuses.

Voilà ce qu'il vous faut savoir sur les femmes : **pour les exciter sexuellement vous devez faire appel à leurs émotions, pas à leur logique.** Le mec sympa commet toujours l'erreur fatale de faire appel à leur logique, alors que la seule bonne idée du connard est justement de faire appel à leurs émotions.

Les connards baisent parce qu'ils excitent les femmes par leur obstination. Ils sont actifs dans leur recherche de sexe, alors que les mecs sympas sont passifs.

Cependant tout n'est pas rose pour les connards. La plupart du temps, le type de femmes auquel ils plaisent sont celles qui ont une mauvaise estime d'elles-mêmes, qui sont dépressives, ou ont divers problèmes émotionnels. De telles femmes agissent souvent de manière étrange et inattendue en matière de relations. Elles ne sont donc pas vraiment le genre de femme qu'un homme équilibré voudrait de toute façon.

Même si les connards baisent, je ne suis pas en train de vous suggérer d'en devenir un. La bonne nouvelle, c'est qu'il existe un type d'homme qui a encore plus de succès que les connards. J'appelle ce groupe-là les mâles dominants, ils font, eux, appel aux émotions positives des femmes, en oubliant les négatives.

Le Mâle Dominant

Dans la société, les mâles dominants sont les leaders, les gens dont les autres suivent l'exemple. Le mâle dominant est confiant, socialement puissant, il va vers les autres, il est drôle, sûr de lui, il a une haute opinion de lui-même et c'est un gars équilibré. Il peut plaisanter et se montrer taquin avec la gent féminine.

Quand une femme se montre méchante, le mâle dominé s'offusque, alors que le dominant lui, rit avec elle car il considère les filles comme des petites sœurs blagueuses. Plus tard, alors qu'elle regrettera son sarcasme, et qu'il lui dira que ça n'était pas bien grave, le mâle dominant marquera d'importants points dans son esprit.

Beaucoup d'interactions sociales dans lesquelles nous nous engageons ont des sous-niveaux de soumission et de domination. Des études ont montré que, dans les situations sociales, les personnes dominantes vont appuyer ce fait par une multitude d'actions non-verbales. Comme par exemple, la présence de leurs corps dans l'espace, le fait de parler plus fort, d'avoir le contrôle des conversations et de regarder les autres dans les yeux.

Les personnes autour d'un mâle dominant ont tendance à se laisse guider par lui parce qu'il est intéressant et rassurant.

Le mâle dominant ne ressent pas de jalousie et n'est pas possessif avec les femmes car il n'est pas en demande. Il n'étouffe pas non plus les femmes en les mettant sur un piédestal. Grâce à cela, il sait que toute femme serait chanceuse d'être avec lui. Aussi lorsqu'une femme en particulier ne veut pas de lui, c'est elle qui y perd, pas lui.

Contrastant avec cet état de fait, le mâle dominé est nerveux, a un statut social relativement peu élevé, est généralement un suiveur plutôt qu'un meneur, est souvent jaloux de ceux qui ont du succès, a une mauvaise estime de lui-même et apparaît comme désespérément en manque de sexe.

Je dois me confesser : je suis un ancien mâle dominé. J'étais déprimé et plein de ressentiment. Je voulais avoir une copine, car je pensais qu'en avoir une rendrais ma vie supportable. Une fois, j'en ai eu une, et j'ai pu baiser autant que je voulais. Je pensais que ma vie allait devenir merveilleuse. Ce n'est que plus tard que j'ai compris que je voyais tout ça **complètement à l'envers**.

Ce n'est qu'à partir du moment où j'ai commencé à me développer personnellement et à avoir une vie digne de ce nom que j'ai commencé à attirer les superbes filles que j'ai fréquenté durant les années suivantes et la magnifique femme avec qui je vis une relation à l'heure actuelle.

Dans le chapitre qui vient je vais vous expliquer quelques-uns de mes secrets pour que **vous** puissiez progressivement adopter le comportement et l'état d'esprit d'un mâle dominant.

CHAPITRE 4 : 24 Signaux Non-Verbaux qui Trahissent votre « Non-Dominance ». Débarrassez-vous-en et Tirez au But !

Quelle est **la caractéristique** la plus attirante chez un homme pour les femmes ? C'est l'impression que vous êtes un mâle dominant. Et non, il n'y a nul besoin de vous gratter, de grogner et de gifler une femme comme un homme des cavernes pour faire passer cette idée...

Vous communiquerez votre statut de mâle dominant en vous comportant tout simplement comme les mâles dominants doivent le faire, au moyen des signaux non-verbaux que vous enverrez.

Un mâle dominant naturel a les bonnes attitudes non-verbales sans même y penser. La bonne nouvelle ici est que, pendant le laps de temps durant lequel vous allez améliorer votre état d'esprit, vous allez pouvoir contrôler très précisément votre communication non-verbale, en donnant l'impression aux autres que vous êtes un dominant.

Cette technique s'appelle le principe d'association. Vous vous associez, dans l'esprit d'une femme, à des qualités désirables chez un homme, tout en vous dissociant de celles, indésirables, du « mec sympa ».

Les magiciens opèrent de cette façon. Sur scène, le magicien contrôle consciencieusement l'image qu'il donne à son public. En détournant l'attention des spectateurs à l'aide de « trucs » associés à la magie (comme un mouvement de baguette magique), il les empêche de remarquer les choses qui ne le sont pas, comme le fait qu'il utilise son autre main pour effectuer le tour !

De manière équivalente, vous allez pouvoir contrôler ce qu'une femme pense de vous.

Et voilà la très bonne nouvelle : en adoptant l'état d'esprit décrit dans ce guide, et en passant par le processus d'auto-amélioration, vous finirez par intégrer les concepts de ce livre et **deviendrez** totalement un mâle dominant.

Cependant, vous ne commencerez votre évolution dès aujourd'hui qu'en adoptant les attitudes d'un mâle dominant.

Qu'est ce que la dominance ? C'est le pouvoir social qui vient de l'asservissement. Dès à présent, vous allez apprendre comment vous **comporter** comme un mâle dominant, en donnant une impression de dominance grâce à votre voix, vos yeux, vos comportements et vos attitudes.

Vos yeux sont le signal non-verbal numéro un qui transmet aux gens votre statut de mâle dominant. Un homme dominant n'a pas peur de regarder les autres directement dans les yeux. Si vous baissez le regard, vous communiquerez de la gêne, de la soumission et une idée assez basse de votre statut.

Quand c'est vous qui parlez, vous pouvez regarder les gens dans les yeux sans limites. Les études ont montré que plus la personne regarde dans les yeux, plus celui qui l'écoute le perçoit comme étant dominant.

Cependant, lorsque c'est à vous d'écouter, le contraire est vrai : moins vous regardez l'autre dans les yeux, plus vous apparaissez comme étant dominant. (Vous vous êtes déjà demandé pourquoi les adultes disent aux enfants : « Regarde-moi quand je te parle » ? ils renforcent la dominance de l'adulte sur l'enfant de cette façon.)

Bien sûr, vous ne voulez pas aller trop loin et faire croire à une femme que vous la détaillez de haut en bas. Si vous êtes perçu comme trop dominant, votre capital amabilité en souffrira. Alors regardez ailleurs de temps en temps. (Dans le prochain chapitre, nous nous occuperons de booster votre capital amabilité.)

Un autre indicateur de dominance est votre voix. Les personnes dominantes contrôlent la conversation. Elles parlent également d'une voix franche et n'hésitent pas à couper la parole à autrui. Les études ont montré qu'utiliser une voix douce et basse peut donner l'impression que vous êtes soumis.

Quand vous parlez, laissez-vous aller et n'ayez pas peur d'exprimer vos opinions. Les personnes hésitantes sont perçues comme ayant moins de pouvoir que celles qui n'hésitent pas.

Faites attention à vos attitudes et comportements. Essayez d'éviter de laisser paraître des signaux indicateurs de statut dominé :

1) **Les « euh » et « hum », phrases et mots incomplets.** Des études ont démontré que les gens perçoivent ceux qui parlent de cette façon comme manquant de confiance et n'étant pas très malins. C'est un signe de nervosité. Nous disons « euh » parce que nous avons peur d'être interrompu par l'autre personne. Par contre, n'hésitez à faire une pause pour l'effet que cela procure. Une pause avant un point important vous fera paraître plus compétent et les gens se souviendront de ce que vous avez dit.

2) **Parler trop vite.** Cela donne l'impression que vous êtes anxieux et manquez de confiance. Une diction normale varie entre 125 et 150 mots à la minute. Ralentissez !

3) **Parler d'une voix monotone, ou marmonner.** Les personnes aux variations vocales limitées sont perçues comme incertaines, inintéressantes et manquant de confiance. Alors, variez autant que vous le pouvez et vous serez perçus comme étant ouvert et dominant.

4) **Une pause trop longue avant de répondre à une question.** Cela indique que vous avez trop réfléchi à la réponse, ce qui vous fait paraître comme indécis. Vous avez aussi l'air de trop essayer d'obtenir l'approbation de l'autre.

5) **Postures fermées, renfermées sur vous-mêmes.** Un mâle dominant a les jambes et les bras écartés, ouverts. Quand vous êtes debout, vous pouvez obliger votre posture à s'ouvrir en mettant vos pouces dans votre ceinture.

6) **Tenir vos mains devant vous.** C'est une posture défensive. Au lieu de cela, restez ouvert et vulnérable. (Vous vous rendez vulnérable parce que vous ne craigniez rien.) Laissez vos bras se détendre et rester ouverts. Personne ne va vous frapper, alors pourquoi vous bloquer ?

7) **Mains et doigts qui tremblent.** Quand vous êtes à table avec quelqu'un, il est naturel d'avoir envie de tripoter le paquet de sucre ou la paille laissée là. Ne le faites pas. Et ne tapez pas des doigts sur la table, les femmes n'aiment pas du tout ça. Gardez simplement vos mains et doigts détendus. Reposez vos avant-bras sur la table, en laissant vos bras tombants et ouverts. La plupart du temps, cela veut dire de les avoir écartés d'environ 50 centimètres, les paumes se faisant face,

avec les doigts légèrement courbés vers le ciel. Les paumes ouvertes communiquent de l'honnêteté et le fait d'être tout à fait à l'aise. Les paumes retournées vers vous transmettent l'idée que vous êtes en train de cacher quelque chose.

8) **Toucher votre visage lorsque vous parlez.** Ceci indique que vous réfléchissez trop, que vous êtes indécis, ou timide. Pour communiquer de la confiance, parfois, vous pouvez tenir vos mains jointes en clocher devant votre poitrine ou votre visage. (Beaucoup de professeurs font cela pendant leurs cours.) Une autre posture qui pourra vous aider à gagner en confiance sera de poser vos mains sur vos hanches. Les policiers le font quand ils doivent établir leur autorité sur des suspects.

9) **Croiser les bras.** En de rares occasions, il est possible de croiser ses bras d'une façon dominante (Brad Pitt en fait une bonne démonstration dans le film *Fight Club*), mais d'une manière générale, il vous faut l'éviter.

10) **Une posture rigide ou courbée.** Un mâle dominant a une posture détendue, qu'il soit assis ou debout. Détendez-vous autant que possible.

11) **Baisser le regard.** Le mâle dominant garde la tête haute. Cela montre de l'entrain. Le regard bas fait voir un « loser ». Gardez la tête haute. Montrez votre cou, ne vous en faites pas, personne ne vous étranglera ! Regardez la personne à qui vous parlez ; rappelez-vous ce que vous ai dit à propos des yeux…

12) **Les tics nerveux du visage.** Comme vous lécher les lèvres, les mordiller et les pincer ou vous toucher le nez. Un mâle dominant a un visage détendu car il ne craint personne.

13) **Sourire excessivement.** Des études sur les primates montrent que les mâles dominés sourient aux mâles dominants pour leur montrer qu'ils ne sont pas une menace. Les mâles dominés humains font de même. Le mâle dominant, de son côté, ne sourit que lorsque la situation s'y prête. Et oui, il peut être une menace.

14) **Marcher trop vite.** Essayez, au contraire, de marcher plus doucement qu'à l'habitude, presque comme si vous vous pavaniez. Vous êtes un dominant, personne ne vous poursuit et vous ne vous dépêchez pour personne. Si vous n'êtes pas pressé d'aller quelque part, marchez d'une manière détendue et confiante. Pensez : « Je suis un super mec. Je peux rendre n'importe quelle femme heureuse ».

15) **Marcher uniquement en bougeant les jambes.**
N'ayez pas peur de vous servir de votre torse et de vos bras. Essayez ceci : Marchez comme si vous étiez le roi du monde. Observez bien votre corps. Vous remarquerez que vous bougerez vos bras et vos épaules et que votre pas semblera plus sautillant. Maintenant, marchez de cette façon tout le temps.

16) **Être avachi.** Vous n'avez pas à vous tenir complètement raide, mais il vous faut avoir les épaules en arrière. Regardez Brad Pitt dans n'importe lequel de ses films pour voir comment vous tenir confortablement droit. (Brad Pitt est un excellent exemple de très bonne communication corporelle. Vous pouvez aussi regarder George Clooney dans ses films. Pour les fans de films plus anciens, re-voyez *Bons baisers de Russie* avec Sean Connery.)

17) **Trop cligner des yeux.** Clignez tranquillement des yeux. Ne les fermez pas de trop d'inconfort. Gardez vos paupières détendues. Essayez même d'avoir les yeux mi-clos. Pas d'yeux écarquillés s'il vous plait...

18) **Le regard fuyant alors que vous parlez.** C'est une attitude de dominé. Quand vous êtes en train de parler, vous devez regarder votre interlocuteur dans les yeux. Cela lui communique, non-verbalement, que ce que vous dites est important et mérite d'être écouté.

19) **Le regard trop insistant quand l'autre parle.** Ignorez tous les conseils de drague que vous avez entendus et qui disent de toujours fixer le regard de l'autre. Vous auriez l'air d'être en demande, socialement attardé, et, honnêtement, plutôt bizarre. Essayez plutôt que de la regarder elle, de regarder à travers elle. Pour l'avoir beaucoup testé, j'ai conclu que le temps optimal, de regard dans les yeux de votre partenaire, est d'environ les deux tiers du temps total que vous passez avec elle. Également, ne soutenez son regard que lorsqu'elle vous dit quelque chose de vraiment intéressant. Le reste du temps concentrez-vous sur autre chose, ses cheveux, ce qui se passe autour de vous, etc.

20) **Ne pas savoir quoi regarder.** En conclusion, l'important est que votre regard soit détendu, sûr de lui, et sexuel.

21) **Baissez les yeux avant de répondre aux questions d'une femme.** Si vous devez vraiment regarder ailleurs avant de répondre à sa question, pour pouvoir y réfléchir, regardez d'abord **en l'air** et ensuite, sur les côtés. Les études ont montré que cela démontre plus de confiance.

22) **Avoir peur de la toucher.** Ayez confiance en vous lorsque vous touchez une femme, toute nervosité peut être fatale à vos relations avec elle. Soyez dominant et n'hésitez pas lorsque vous le faites. Tenez-lui la main pour la guider à travers la pièce, etc. Soyez doux, parce que, par un contact trop brusque, vous lui signifieriez votre manque d'assurance. (Puisque vous

êtes un mâle dominant, elle va évidemment vous suivre, alors vous n'avez besoin de rien d'autre que d'un peu de douceur.) Il est naturel de toucher les autres, alors que vous voulez insister sur un point. Alors laissez-vous aller !

23) **Tourner la tête rapidement lorsque quelqu'un demande votre attention.** Faites comme si vous étiez chez vous, utilisez des mouvements lents et décontractés. Vous n'êtes à la disposition de personne. Vous êtes un dominant, d'accord ?

24) **Utiliser des phrases longues et alambiquées.** Les mâles dominants sont précis et concis. Si vous voulez néanmoins faire de longues phrases, partagez-les en plusieurs parties.

Ne vous en faites pas si vous vous trompez de temps à autre et que vous laissez paraître un de ces signaux non-verbaux. Personne n'est parfait, alors ne vous accablez pas, surtout lorsque vous parlez à une femme. Oubliez-le et continuez à alimenter la conversation.

Si vous pensez trop à ce genre de choses alors que vous êtes en train de parler, vous commencerez à douter de vous-mêmes, et lorsque cela arrivera, vous perdrez confiance, vous deviendrez anxieux et hésitant. Concentrez-vous plutôt sur le fait d'être nonchalant tout en restant sincère en permanence.

Il est déjà suffisant d'**être conscient** que vous communiquez non-verbalement avec vos faits et gestes, parce qu'être conscient de ceci vous aidera à éviter les signaux négatifs à l'avenir.

CHAPITRE 5 : Six Comportements De Dominés À Éviter

Voici quelque chose sur les humains que vous ne savez peut-être pas : Nous avons tendance à attacher plus d'importance aux informations négatives qu'aux informations positives qui concernent une personne.

C'est pourquoi vous pourriez avoir une super conversation avec quelqu'un et, tout à coup, changer d'avis à son sujet alors qu'il vous dit très sérieusement avoir été enlevé par des extra-terrestres.
Il importe peu que cette personne ait été drôle et spirituelle pendant l'heure qui vient de passer. Maintenant, elle est étiquetée en grosses lettres rouges « TARÉ » dans votre esprit, à cause de cette histoire d'extra-terrestres.

Donc, si un seul faux-pas peut effacer tout ce qui précède, il est crucial d'éviter les comportements négatifs qui sont caractéristiques des mâles dominés et de statuts sociaux peu élevés. Si vous ne voulez pas que les femmes vous prennent pour un nul et vous mènent en bateau, voici les choses à éviter :

1) **Rechercher l'approbation** en finissant vos phrases par **« pas vrai ? »** et **« n'est-ce pas ? »** Ces questions en fin de phrase donnent l'impression que vous êtes faible d'esprit, particulièrement si votre voix part dans les aigus. Pas vrai ?

2) *Essayer* **de dominer. Au contraire, faites-le !** Votre état d'esprit et votre envie doivent être plus forts que ceux de n'importe qui d'autre. Persuadez-vous que les autres sont là pour vous suivre, parce que c'est vous le boss. Vous devez être convaincu que vous pouvez demander n'importe quoi aux autres d'une manière polie, sans avoir besoin de leur ordonner de le faire. (Il est intéressant d'observer les généraux militaires qui, bien que le cinéma veuille nous faire croire le contraire, sont généralement polis lorsqu'ils donnent des ordres à leurs subordonnés.)

3) **Être bagarreur, avec les femmes ou avec les autres hommes.** Le mâle dominant est capable de supporter la pression et de s'éclipser si besoin est. Démarrer une bagarre est signe d'un statut social peu élevé. Cela va aussi sans dire, que de se battre pour l'affection d'une femme est la façon la plus évidente de montrer que l'on recherche l'approbation d'autrui, ce qui vous rend moins attirant. Ceci étant dit, si un mec dépasse les bornes et commence à vous faire sérieusement chier, il y a des occasions où vous devez vous défendre.

4) **Se conformer au programme prévu par une autre personne, discuter des sujets qu'elle aura choisi, même si vous les trouvez ennuyeux.** Vous vous rappelez mon histoire à propos de cette fille que j'aimais et des deux heures que j'ai passé à l'écouter parler de son histoire pathétique avec un

barman drogué ? Mauvais choix. Le mâle dominant ne parle et n'écoute que s'il l'a choisi. Observez quelques mâles dominants en action (P.D.G ou hommes politiques) et vous remarquerez ce phénomène. Lorsque le mâle dominant s'ennuie, il ne le cache pas. Alors ne donnez votre attention aux gens que s'ils l'ont méritée.

5) **Essayer de prouver que vous êtes plus intelligent que chaque personne avec qui vous discutez.** Lorsque vous regardez les chefs des conseils d'administration, vous vous apercevez que les meilleurs d'entre eux sont assez sûr d'eux-mêmes pour pouvoir écouter quelqu'un qui en connaît plus qu'eux à un sujet. Un proverbe du monde des affaires dit que vous n'avez pas besoin d'être intelligent, vous avez simplement besoin d'engager des gens intelligents.

6) **Mater toutes les jolies filles que vous voyez.** Un homme qui baise suffisamment n'a pas de temps à perdre avec ça, et vous ne devriez pas non plus. Alors que vous arrêterez d'être impressionné par tous ces corps magnifiques, vous remarquerez la différence de réactions que les femmes auront envers vous. Elles commenceront à vous mater et à essayer d'attirer votre attention.

Les mâles dominants acceptent de prendre le commandement comme si c'était quelque chose de naturel chez eux. Ils ne se préoccupent pas de ce que pensent les autres. Ils font ce qu'ils ont à faire sans chercher l'approbation de personne.

Cependant, ils offrent en même temps un bénéfice, qu'il soit social, statutaire, d'amusement ou de plaisir, à ceux qui les suivent.

Les gens adhèrent à la réalité créée par un mâle dominant parce qu'ils le veulent bien (parce que les mâles dominants sont, par exemple, des personnes intéressantes) ou parce que tous les autres le font.

Et les gens, et plus spécialement les femmes, s'intéressent à lui parce que le mâle dominant propose des conversations intéressantes. Pourquoi ? C'est facile, c'est parce qu'il parle de sujets fascinants. Il aspire ainsi les autres personnes dans sa réalité.

Donc, comment trouver des choses intéressantes à raconter ? C'est très simple : Il vous faut une vie excitante et équilibrée. Si vous avez cela, vous provoquerez tout naturellement l'attirance des femmes. Soyez occupés professionnellement, socialement, prenez part à des activités et des hobbies, améliorez-vous. Ne restez pas assis à jouer à des jeux vidéos. Faites du saut en parachute, prenez des cous de danse, appelez des vieux amis pour les revoir. Si votre vie est amusante et intéressante, vous aurez des tas de choses à raconter.

Et, lorsque vous parlez à une femme, menez la conversation. Captivez son attention.

Tout en améliorant vos comportements, vous allez aussi essayer d'adopter l'état d'esprit d'un mâle dominant. La première chose que l'on remarque, chez tous les mâles dominants, c'est qu'ils sont persuadés que les autres vont les suivre. Ils ne tyrannisent personne parce qu'ils n'en ont pas besoin, ils ont confiance en eux car ils **savent** que les autres vont les suivre.

Les gens trop autoritaires peuvent rapidement voir les gens se retourner contre eux car ils n'aiment pas qu'on leur donne des ordres. Faites ce que vous avez à faire et soyez passionnés. Les autres vous suivront naturellement. Faites comme s'ils allaient vous suivre, soyez convaincu qu'ils vont le faire, et vous verrez que cela se passera comme vous l'avez prévu.

Ceci nous conduit à un point important. Ne conformez pas vos attentes à la réalité.

Au lieu de cela, créez votre propre réalité. Vous devez agir comme si tout se passait comme vous l'avez décidé.

Comportez-vous comme si vous étiez une chance pour n'importe quelle femme. Comme si vous ne vous préoccupiez pas du sexe, parce que vous en avez autant que vous voulez. (Bien que vous ne baisiez pas forcément beaucoup à l'heure actuelle, vous devez copier les attitudes de ceux qui, eux, baisent.)

Comportez-vous comme si vos désirs de mâle étaient parfaitement naturels. Vous n'avez aucune raison de cacher votre appétit sexuel comme le font les mecs sympas !

Comportez-vous comme si vous vous en foutiez de ce que pensent les femmes, parce que ce que **vous** pensez est bien plus important. Croyez-le ou pas, les femmes vous respecteront beaucoup pour ça.

Beaucoup de mecs tombent dans le piège d'essayer de savoir ce que pensent les femmes. « Quand elle touche son verre après une de mes blagues, est-ce que ça veut dire qu'elle m'aime bien ? » Arrêtez de vous inquiéter !

Au lieu de ça, réalisez simplement qu'il y a en elle une femme primitive, excitée sexuellement et qui a envie de coucher avec vous. Détendez-vous. Soyez un mec attirant et laissez-lui une chance d'être attirée par vous. Si elle n'est pas intéressée, ça sera tant pis pour elle.

Soyez optimiste. Vous avez déjà remarqué que les athlètes de haut niveau comme Michael Jordan ou Tiger Woods **savent** à l'avance qu'ils vont être bons, avant même de gagner ? Le succès vient de la confiance. Soyez persuadé de votre succès, et votre attitude augmentera vos chances de réussite. Soyez persuadé d'être irrésistible pour les femmes.

Apparaissez comme quelqu'un de puissant et de résolu. Et, en même temps, soyez naturel et amusant. Soyez un peu un mauvais garçon, mais sans devenir un connard. Ajoutez un sourire coquin sur votre visage si vous le souhaitez. Vous êtes un homme excitant et les femmes devraient avoir envie de vous.

Faites ce qui vous plait dans la vie. Soyez sincères. Si vous ne voulez pas faire quelque chose, ne le faites pas. Soyez honnêtes avec vous-mêmes. Soyez votre propre chef.

Qu'est- ce que tout cela veut dire ? Si vous voulez donner de l'argent à un sans-abri, faites-le. Si vous voulez aider une vieille dame à traverser la rue, faites-le. Si vous voulez tenir la porte de la voiture à une femme, faites-le. Mais ne faites pas toutes ces choses parce que vous pensez que c'est ce que l'on attend de vous. Faites ce que vous faites parce que vous **voulez** le faire.

En conclusion, en devenant un mâle dominant, un homme qui ne se ment pas, vous vivrez les meilleurs moments de votre vie. Le sexe ne sera qu'un effet secondaire. Que pensez-vous de ce dommage collatéral ?

CHAPITRE 6 : Comment Être un Mâle Dominant... Alors que Vous Obéissez à Quelqu'un d'autre.

Il est, en théorie, impossible d'être un mâle dominant tout en recevant des ordres de quelqu'un d'autre. Quand il y a quelqu'un qui vous dit quoi faire et que vous le faites, vous êtes dans une situation de dominé.

Il y a seulement deux façons de gérer cette situation, et toutes deux ont leurs avantages.

La première solution consiste à jouer selon les règles. Faites votre boulot, suivez les ordres de votre chef, touchez votre salaire tous les mois et, avec un peu de chance, vous grimperez l'échelle sociale. Les désavantages sont les suivants : Il vous faudra jouer le jeu des politiques internes pour pouvoir arriver à vos fins, et votre chef pourra vous virer à tout moment si vous ne lui léchez pas le cul.

De telles situations ne sont pas les meilleures possibles pour l'estime de soi d'un homme. Et au fait, flirter avec la secrétaire pourrait vous faire virer. Les mecs d'en haut n'aiment pas que les petites gens draguent leurs femmes. Alors, faites votre quota de drague en dehors du boulot. Et trouvez d'autres endroits où vous pourrez être le chef, comme je l'explique plus bas.

La seconde solution est d'envoyer chier tout ça et de vous lancer dans votre propre affaire. Cela implique beaucoup plus de risques, mais au moins, vous serez responsable de votre propre destinée.

C'est la voie que j'ai choisi à l'âge de 29ans, quittant le monde étouffant de l'entreprise pour nager, ou me noyer, en solo. J'ai connu des années très difficiles alors que mes affaires allaient mal. Mais, si l'on oublie les soucis d'argent, l'important, c'est que personne ne me donne d'ordre.

Être Le Chef Quelque Part !

Vous devez avoir une position de leader quelque part dans votre vie. Cela importe peu que vous soyez juste un professeur assistant à la fac. Une simple position d'autorité quelconque, **quelque part,** excite les femmes.

Avoir votre propre affaire et avoir des employés sous vos ordres est une excellente position à occuper. À chaque fois que quelqu'un suit vos ordres, vous avez le statut de dominant.

Au passage, un endroit fantastique où rencontrer pour la première fois une femme est un endroit où vous êtes le boss. Une stratégie possible est de lui dire : « Passez à mon boulot, et nous irons prendre un café ensuite. »

De cette manière, lorsque cette femme arrivera sur votre lieu de travail, elle verra que vous êtes le chef pour tous les gens autour de vous. Ceci vous conférera automatiquement le statut de mâle dominant.

CHAPITRE 7 : Projeter un Moi Idéalisé en Contrôlant la Façon Dont On Vous Voit

Aucun de nous ne vit dans le monde tel qu'il est réellement. Nous vivons dans ce que nous pensons être la réalité, mais il s'agit en fait de notre perception individuelle de ce qu'est la réalité. Ça nous vous a jamais paru bizarre d'entendre votre propre voix enregistrée ? Et bien, le reste du monde nous entend comme ça. C'est plutôt différent de la façon dont nous nous entendons, n'est-ce pas ?

Il en va de même pour la façon dont les autres vous voient. Les gens ne vous perçoivent pas toujours comme vous êtes **vraiment** mais plutôt comme ils **pensent** que vous êtes.

Les autres vous associent certains traits de caractère et certaines qualités et vous traitent en fonction de cela. Ça peut être bien ou mal, cela dépend de ce qu'ils vous associent.

Le point important, cependant, c'est qu'une fois que vous avez compris que les gens vous associent une identité, vous pouvez faire en sorte de la contrôler.

Un Principe Simple de Psychologie Humaine que les Hommes qui ont du Succès Appliquent pour que les Femmes les Aiment.

Les gens sont conditionnés pour vouloir avoir une ligne directrice cohérente entre leurs pensées et leurs actions. Les psychologues appellent cela le Principe d'Engagement et de Cohérence.

Si une personne s'est comportée d'une certaine façon, elle **ajustera ses pensées à ses actes.**

Pendant la campagne électorale 2004 aux Etats-Unis, les républicains utilisèrent ce principe avec brio. Ils firent signer à toutes les personnes présentes à leurs meetings une déclaration stipulant qu'elles s'engageaient à voter pour eux. Après avoir fait cela, la plupart de ses personnes ajustèrent leur mode de pensée de façon à favoriser les républicains et George W. Bush.

Une signature n'est qu'un moyen parmi d'autres qu'utilisent les vendeurs et communicants pour tirer profit du Principe d'engagement et de Cohérence. Une fois qu'une personne s'est engagée dans une action, elle ressent un fort besoin de se justifier de cette action auprès d'elle-même. Après tout, si elles ont signé pour s'engager à supporter un politicien, cela doit être parce que c'est quelqu'un de très bien, pas vrai ? (C'est ce qu'elles pensent d'une manière inconsciente en tout cas.)

À partir de là, elle se comportera de façon à respecter l'engagement qu'elle aura pris. Qu'importe vos préférences politiques, la campagne de George W.Bush a fait un travail exceptionnel en recrutant ces sympathisants hautement motivés qui ont été une force indéniable le jour de l'élection, parce qu'ils s'y déplacèrent en masse.

Maintenant, vous vous dites, « Mais John... Pourquoi les humains se comporteraient-ils de cette façon, alors qu'on peut parfois les utiliser ? »

Bonne question. Dans la plupart des cas, le Principe d'Engagement et de Cohésion nous **aide** vraiment en tant qu'individus. Voyez-vous, la vie est si complexe que nous n'avons tout simplement pas toujours le temps de digérer toutes les nouvelles informations compliquées d'une situation donnée.

Au lieu de ça, nous nous rappelons la décision que nous avons prise auparavant, et nous nous en tenons à celle-ci. Nous pensons : « C'est comme la dernière fois quand ça et ça se sont passés, j'avais fait ça et ça. » Alors nous nous engageons à refaire ça et ça, parce que nous avions certainement pris une très bonne décision la dernière fois.

Par exemple, si vous avez besoin d'aller dans un endroit qui est proche de votre lieu de travail, vous allez monter dans votre voiture, conduire jusqu'à votre travail, et ensuite aller jusqu'au nouvel endroit. Vous n'allez pas sortir une carte pour savoir s'il existe un chemin plus court.

En général, c'est plutôt bénéfique, dans le sens où vous auriez certainement perdu plus de temps à regarder la carte qu'en passant par votre chemin habituel. En fait, vous êtes convaincu d'avoir pris la bonne décision la première fois, alors autant vous y conformer.

En ce qui concerne les relations entre personnes, les gens ont tendance à nous associer des qualités qui proviennent de la façon dont ils nous ont traités. S'ils nous ont rendu service, cela doit être parce que nous le méritons, parce que nous avons de grandes qualités.

Si l'on applique ceci à la séduction, cela veut dire que vous ne devez **jamais empêcher une femme de se montrer généreuse envers vous.**

Quand elle vous fait une faveur, cela augmente la bonne image qu'elle a de vous car elle se convainc que vous avez bien mérité un tel traitement.

En d'autres termes, laissez toujours les femmes faire des choses pour vous. Si elles vous proposent de payer quelque chose, laissez-les faire. Ne dites jamais : « Oh non, c'est moi qui t'invite. » Si elles vous proposent de cuisiner pour vous, ne dites pas : « C'est pas la peine, je vais nous payer un dîner aux chandelles. »

Remerciez-la et **adoptez l'état d'esprit qui dit que vous méritez ces choses qu'elle fait pour vous.**

Si votre valeur est vraiment plus importante que la leur, les femmes seront nerveuses à vos côtés et croiront que vous n'allez pas bien ensemble, pace qu'elles ne se sentiront pas bien avec vous. Cela arrive quand elles vous voient comme étant **vraiment mieux** qu'elles.

C'est un problème que rencontrent beaucoup de gens qui sont perçus comme « cool ». Bien qu'on les voie comme des gens cool, ils semblent effrayer les autres.

En conséquence, beaucoup de gens cool ont vraiment du mal à faire durer leurs relations (sexuelles et amicales.) Alors, le fait que vous soyez cool ne doit pas empêcher les gens qui sont autour de vous de **se sentir bien en votre présence**.

Vous vous demandez probablement, « Comment faire ça ? » Vous pourrez le faire en distribuant généreusement des compliments sincères.

Une façon d'y arriver est de faire une observation flatteuse et de poser tout de suite après une question qui appelle une information complémentaire. Comme si vous faisiez comprendre à la personne qu'elle est digne de vous. Rappelez-vous, vous êtes une chance pour une femme, elle sera alors heureuse de vous impressionner.

Exemple 1

> *Vous : « Vous êtes si pleine de vie. Que faites-vous pour vous amuser ? »*
>
> *Elle : « Bla-bla »*
>
> *Vous (après y avoir pensé une seconde) : « Hé, ça a l'air super. Dites m'en plus. »*

Exemple 2

> *Vous : « Vous avez l'air très cool. Qu'étudiez-vous à la fac ? »*
>
> *Elle : « Bla-bla »*
>
> *Vous : « C'est intéressant ! J'ai un ami qui étudie…»*

Comme vous le voyez, **lorsque vous faites un compliment sincère, enchaînez rapidement avec une question.** Je vais très bientôt vous expliquer pourquoi, mais, simplement, cette technique empêche une femme de refuser votre compliment et l'oblige à faire ses preuves pour vous.

En fait, elle mangera pratiquement dans votre main et croira tout ce que vous dites tant qu'elle se jugera digne de vous.

En tant que mâle dominant, vous donnez votre approbation, sans attendre d'approbation en retour. Alors, n'attendez pas qu'elle vous remercie du compliment.

Il se trouve également que les femmes **refusent** souvent les compliments, ce qui leur fait perdre un peu de leur propre estime. Les femmes peuvent aussi penser qu'il s'agit de fausse flatterie, ce qui est la dernière chose que vous voulez qu'elles pensent. Alors, ne leur donnez pas l'opportunité de refuser vos compliments.

J'aime compléter mes compliments d'une question, parce que cela implique que même si je la trouve intéressante, **je peux toujours reprendre mon approbation si je n'aime pas sa réponse.** Cela m'impose comme celui de plus grande valeur, et c'est à elle de gagner mon affection.

Elle est ensuite d'autant plus contente quand elle voit que vous aimez sa réponse.

Maintenant, voici une chose à laquelle vous devez prêter une attention particulière : Il est essentiel que vous ne fassiez pas de faux compliments, vous auriez l'air de rechercher l'approbation d'autrui dans ce cas. De plus, il est difficile de faire un faux compliment et d'avoir l'air sincère, et vous ne voulez surtout pas qu'elle ait des doutes.

Les dominés brossent les gens dans le sens du poil, pas les dominants.

Il y a une autre stratégie que j'aime particulièrement, surtout avec ma nouvelle copine. Il s'agit de changer rapidement de sujet après l'avoir complimentée. « Tu es très belle. Hé tu sais quoi ? En venant ici, j'ai vu… »

Cela me permet de garder le contrôle de la conversation, en l'empêchant également de refuser mon compliment.

Une autre raison pour laquelle j'aime faire des compliments aux gens, c'est que cela me permet de me concentrer sur autre chose. Alors que je pense à eux, je ne me **sens pas obligé** de m'inquiéter et de sur-analyser tous mes faits et gestes.

Le Secret d'une Bonne Écoute

Voilà un vilain petit secret : Pratiquement tout le monde est timide et emprunté d'une certaine façon. S'ils vous parlent, alors qu'ils vous estiment comme étant une personne de grande valeur (comme une femme que vous attirez et qui vient vous parler), ils se sentiront bien s'ils pensent avoir **gagné** votre attention.

Pour donner aux autres l'impression qu'ils ont gagné votre attention, recherchez le sens profond de ce qu'ils vous disent. Une fois que vous l'aurez trouvé, répondez à ce qu'ils vous communiquent vraiment.

Admettons que quelqu'un vous dise : « Quel pourcentage de gènes penses-tu que nous partagions avec un chimpanzé ? »

Quel est le sens profond de cette question ? Superficiellement, elle teste vos connaissances. Mais le vrai sens ici, c'est que cette personne essaie de montrer **son** savoir et de vous épater avec.

Supposons que vous êtes quelqu'un de très cultivé et que vous vous rappeliez avoir lu dans *National Geographic* que l'homme et les chimpanzés ont 98,5% de gènes en commun. Devez-vous lui répondre « 98,5% » ?

Non, les mâles dominants ne jouent pas aux petits jeux des autres personnes.

Une bien meilleure réponse serait : « Je ne sais pas, on ne peut pas être **si** similaires. Disons 50% ? » Cette personne aura alors l'impression d'avoir gagné votre attention et vous expliquera que c'est, en fait, 98,5%.

(Si vous ressentez le besoin d'exposer votre intelligence, vous êtes en train de rechercher l'approbation d'autrui, ce qui est un signe de statut peu élevé.)

Supposons que quelqu'un vous dise qu'il revient tout juste de la Floride et de ses plages magnifiques. Il vous dit cela car il est encore excité du voyage qu'il vient de faire et qu'il veut partager avec vous sa joie.

La pire chose à dire à ce moment-là serait : « La Floride c'est rien. Tu devrais voir les plages d'Hawaii ! » Cette déclaration montre votre indifférence à son égard, et lui fait comprendre qu'il n'a rien de spécial.

Au contraire, faites-le parler des choses qui lui ont plu en Floride. Dites-lui : « Super ! J'ai toujours eu envie d'aller là-bas. Dis-moi, quel a été ton moment préféré du voyage ? »

Et, même si les mâles dominants interrompent les autres quand ils en ont besoin, essayez de ne pas interrompre quelqu'un qui parle de quelque chose qui vous intéresse.

Ne vous inquiétez pas si quelqu'un vous interrompt. Les gens interrompent les autres lorsqu'ils s'impliquent vraiment dans la conversation, ce qui est exactement ce que vous recherchez.

Lorsque vous êtes en train de discuter avec quelqu'un, concentrez-vous sur **lui** plutôt que sur vous-mêmes. Cherchez à comprendre pourquoi ils vous parlent de tel ou tel sujet, et validez ce pourquoi. Cela traduit une forte autosatisfaction de votre part et vous rend plus attirant et aimable à leurs yeux.

Pensez réellement à ce que vous dit une femme et soyez intéressés. Chaque fille est une nouvelle exploration, et vous avez tant à découvrir. Alors prenez votre temps, et soyez d'une bonne écoute.

Deux Mots Magiques qui Encouragent les Bons Comportements Féminins

Observez les hommes qui ont du succès et vous remarquerez qu'ils ont plus facilement tendance à se montrer généreux que les autres personnes quand il faut dire « Merci ».

Quand des personnes vous rendent un grand service, ils le font car ils vous voient d'une manière positive. En exprimant votre gratitude, vous justifiez cette opinion positive qu'ils ont de vous.

Ne dites pas des choses comme, « Vous n'auriez pas dû », cela indique que vous ne le méritiez pas. Une personne vous donne quelque chose parce qu'elle vous voit comme quelqu'un qui mérite ce qu'il y a de mieux. Si vous réfutez cette attitude, vous faites passer le message que vous n'en êtes pas digne.

Donc, à chaque fois qu'une femme vous complimente ou vous fait plaisir, ne le minimisez ni ne l'ignorez jamais. Au contraire, remerciez-la en gardant à l'esprit que vous méritiez un tel traitement.

Et rappelez-vous de récompenser ses bons comportements !

Et au fait, lorsqu'une femme vous complimente, entendez **vraiment** qu'elle est en train de vous dire : « Je t'aime bien, je veux que tu poursuives cet échange jusqu'à une relation sexuelle. »

Alors, dites-lui « Merci ! » et cela la guidera inconsciemment jusqu'à votre lit !

Neuf Signaux Non-Verbaux qui Veulent Dire, « Je Suis Aimable »

J'ai déjà fait la liste des signaux non-verbaux qui traduisent la dominance et il y a ici une sorte de chevauchement. Beaucoup des signaux qui traduisent la dominance, tel qu'un regard appuyé pendant que vous parlez, peuvent aussi vous rendre plus appréciable. Cependant, certains signaux de dominance (comme de se pencher en arrière) peuvent vous faire paraître plus distant.

Alors, lorsque la situation s'y prête, vous devrez équilibrer votre dominance avec de l'amabilité. (Trop de domination vous rendrait désagréable.) Soyez conscient que les techniques silencieuses qui suivent peuvent attirer une fille jusqu'à vous magnétiquement :

1) **Vous pencher en avant** lorsque vous êtes assis en face de quelqu'un qui vous parle. Ceci communique votre intérêt pour ce qui est dit. Cependant, il est essentiel d'être sûr que cette femme est intéressée par vous avant de faire ceci, alors, dans un premier temps, penchez-vous en arrière et jouez les « difficiles à avoir ». Et, une fois qu'elle est intéressée, penchez-vous en avant pour donner l'impression qu'il est facile de vous parler.

2) **Orienter directement votre corps vers elle pour lui faire face.** Notez bien qu'il faut que votre dominance soit établie avant de faire ceci. En effet, vous perdez votre domination en étant plus direct dans votre langage corporel.

3) **Sourire.**

4) Avoir une posture **décontractée et ouverte.**

5) **Vous habiller de manière similaire** à votre groupe, mais juste un peu mieux que tous les autres. Si vous rencontrez les attentes vestimentaires des gens que vous côtoyez, ils vous en aimeront d'autant plus.

6) **Porter des couleurs claires et des vêtements décontractés.** (Cependant, un tel habillement fera un peu oublier votre domination établie.)

7) **La regarder dans les yeux – profondément.** Elle adorera ça. Ne le faites pas plus de 70% du temps comme

expliqué précédemment.

8) Être sûr de **parler d'une voix plaisante, expressive, décontractée, et d'avoir l'air éveillé et intéressé** par ce qui est dit.

9) **Éviter** les expressions du visage désagréables, l'immobilité, de regarder ailleurs, de vous tenir trop près d'elle et d'avoir une position qui ait l'air inconfortable.

Encore une fois, soyez sûr de bien équilibrer dominance et amabilité. Si vous ne souriez jamais, alors elle ne vous appréciera pas. Mais, si vous souriez trop, il lui paraîtra que votre statut social est bas et que vous recherchez son approbation.

Certaines choses, comme une posture décontractée et ouverte, renforceront ce sentiment de dominance et d'amabilité, alors vous devriez être ouvert et décontracté tout le temps.

Éviter D'Attirer la Pitié

De nombreux hommes font l'erreur de vouloir qu'une femme ressente de la pitié pour eux. Ils téléphonent sans cesse, en disant des choses comme : « Je suis tellement seul, j'ai vraiment envie de te voir ce soir. »

À un niveau psychologique, ceci vient en grande partie de la relation mère-fils. Petit garçon, il est facile d'obtenir ce que l'on veut en faisant appel à l'instinct maternel de sa mère.

Ne faites pas ça avec la femme avec laquelle vous sortez. Chaque fois que vous inspirez de la pitié à une personne, elle vous prendra de haut. Dans son esprit, elle vous verra comme un perdant, et vous traitera en conséquence.

Vous avez déjà remarqué comment les mauvais vendeurs sont ceux qui font appel à votre pitié ? (« S'il vous plait achetez cette voiture pour que je puisse nourrir mes enfants ! »)

Psychologiquement parlant, les gens ne peuvent s'empêcher de se moquer de ceux qu'ils prennent en pitié. Les bons vendeurs sont ceux qui font sentir qu'il y a un avantage à acheter cette voiture pour le client (et pas pour eux).

Éviter les 3 Comportements Classiques qui Traduisent Instantanément un Statut peu Élevé

Évitez les trois comportements suivants et vous vous situerez immédiatement au-dessus de 95% des autres hommes. Ce simple état de fait, quand les femmes le sentiront, les fera se sentir immédiatement bien plus chaudes en votre présence.

1. Vous vanter

« Tu devrais venir voir ma superbe maison ».
« Je vais bientôt gagner un million par an ».
« J'ai une très grosse bite ».

L'ironie de la vantardise est ce qu'elle communique : Que vous êtes en manque et que vous cherchez désespérément l'approbation. Pour quelles autres raisons pourriez-vous avoir envie de vous la raconter comme ça ?

Évitez de verbaliser directement vos qualités et laisse-la les découvrir au fur et à mesure. Cela traduit de la confiance en vous et vous fait paraître un peu « mystérieux » à ses yeux.

Vous devez être une source intarissable de découvertes à ses yeux, pas un fanfaron.

2. Vous rabaisser

Les hommes de statuts inférieurs ont tendance à être modestes par peur d'offenser les autres, et parce qu'ils veulent être perçus comme étant polis. Les mâles dominants évitent la fausse modestie sauf s'il s'agit évidemment d'une blague.

Une haute estime de soi plait aux femmes. Pensez à vous en termes élogieux et les femmes en feront de même.

Il n'y a pas de problème à faire une blague qui vous rabaisse, comme dans les exemples suivants (à dire d'un ton blagueur) :

- « Je suis si faible, je ne suis pas sûr de pouvoir soulever cette énorme chose. » –Dit par un bodybuilder

- « Je porte cette veste en cuir pour compenser la taille de mon sexe. Il fait à peine 2 centimètres ! » – Dit par un homme avec une énorme confiance en lui qui, objectivement, n'a pas de problèmes en matière de sexe. (C'est pourquoi il peut se permettre de faire une blague sur la taille de son pénis.)

- « Je suis chômeur et je vis toujours chez mes parents. ! » –Dit par un homme très bien habillé et qui semble être très riche.

3. Rabaisser les autres

« Ha ha, regarde-moi ce clochard dégueulasse ! »

Lorsque vous rabaissez les autres, vous exposez vos propres insécurités. Le sans-abri sur le trottoir n'est pas une menace pour vous. Pourquoi agir comme s'il en était une alors ?

Et, comme les femmes sont des êtres sensibles qui sont touchés par la misère d'autrui, vous l'entraînerez à se mettre du côté de ceux dont vous vous moquerez.

De la même manière, ne rabaissez pas les hommes avec qui vous êtes en compétition sur un plan sexuel, cela révélerait également votre insécurité. Au contraire, ne leur prêtez tout simplement pas attention. (Au fait, ces mêmes raisons expliquent pourquoi vous montrer jaloux vous rend moins attirant pour les femmes.)

CHAPITRE 8 : La Meilleure Attitude de Pouvoir à Avoir

Si vous êtes comme la plupart des hommes, vous croyez que les femmes sont une récompense que l'on doit à un dur labeur et une bonne hygiène de vie.

C'est une tradition qui remonte à loin. Au moyen âge la belle promise était la récompense du preux chevalier à la fin de sa longue et ardue quête.

Je pensais la même chose aussi, avant. Et ça m'a conduit à croire qu'il me fallait la plus belle voiture, le plus gros salaire, et dépenser des tonnes d'argent pour que les femmes m'aiment. Tous mes amis le croyaient aussi.

Ce qui est triste, en y repensant, c'est qu'aucun de nous n'avait vraiment de succès avec les filles.

« Si je continue à bosser dur et à être un mec gentil qui sait exactement quel genre de fleurs acheter », pensais-je, « les filles m'aimeront ». Après tout, lorsqu'on demande un conseil à une fille, c'est ce qu'elle dit de faire.

Plus tard, j'ai découvert que les filles donnent de **très mauvais** conseils ! Elles vous donnent les astuces pour devenir bon en relations sérieuses **seulement**. Suivez leurs conseils et vous deviendrez un mâle dominé facilement contrôlable, qui devra attendre des mois avant de coucher. Alors que l'excitant mâle dominant, lui, couchera tout de suite.

En première année de fac, je craquais complètement sur une de mes colocataires. J'ai fait tout ce que je croyais bon pour qu'elle m'aime. Je laissais le siége des toilettes baissé. Je lui achetais des Cds. Je réparais tout dans notre appartement. J'ai même nettoyé derrière elle.

J'étais tellement sympa, me disait-elle. Mais on n'a jamais baisé. Elle n'a jamais été attirée par moi. J'étais juste…trop **sympa.** et sympa veut dire **dominé.**

Ensuite, pendant ma deuxième année, je suis devenu ami avec un mec qui était l'exact opposé de ce que je pensais qu'un gars devait être. Il ne dépensait pas d'argent pour les filles, ne sautait pas de joie lorsqu'une fille lui proposait d'aller faire du shopping avec elle, et n'essayait pas d'impressionner les filles avec sa voiture ou ses ambitions professionnelles.

Et pourtant, ce mec avait constamment des filles qui l'admiraient, lui tournaient autour, flirtaient et couchaient avec lui.

Son truc, je l'ai compris plus tard, c'était de communiquer des qualités de mâle dominant qui faisaient qu'il était attirant, à un niveau primaire, pour les filles.
Tout en lui et dans la façon dont il se comportait reflétait le fort sentiment qu'il avait d'être une **bonne affaire** pour une fille. C'était de cette attitude de pouvoir que lui venait son succès auprès des femmes.

Parce qu'il pensait être une bonne affaire, il :

- Couchait seulement avec les filles qu'il jugeait avoir mérité cet honneur.

- Ne se montrait affectueux qu'avec celles qui avaient mérité ce privilège.
- Ne s'intéressait à ce qu'elles disaient que si cela était vraiment intéressant.

Une fois que vous aurez adopté complètement cet état d'esprit qui dit que **vous êtes une bonne affaire** (et pas elle), vous deviendrez plus attirant. C'est une caractéristique psychologique profondément humaine qui veut que nous associions une valeur plus élevée à quelque chose qui n'est pas disponible.

C'est tout simplement la loi de l'offre et la demande. Moins quelque chose est disponible en quantités importantes, plus son prix monte.

Alors que j'écris ce livre, il y a une rupture de stock chez une compagnie qui vend du sucre de substitution. La compagnie en question est en train de bâtir à toute allure une nouvelle usine pour satisfaire la demande.

Maintenant, grâce au reportage télévisé qui en parlait, des gens, qui n'avaient jamais acheté de sucre de substitution, vont en stocker pour les mois et les années à venir.

Vous vous rappelez lorsqu'ils ont réintroduit le Coca original après avoir sorti le nouveau ?

Des vignettes de sportifs en passant par les timbres, il existe des exemples du principe de rareté dans tous les secteurs. Les commerçants en tirent profit en permanence.

En tant que mâle dominant, vous pouvez tirer profit de cela et augmenter votre valeur grâce à ces trois secrets :

1) **Rester indisponible pour une femme si le bénéfice que vous en tireriez est moins important que ce qu'il vous faudrait supporter.** (Avec cette attitude, allez-vous

être très patient avec une fille qui vous a mis dans la catégorie « relations sérieuses » et vous fait attendre des mois ? Pas très !

2) **Ne pas être trop pressé de la rappeler.** En tant que mâle dominant, vous êtes très occupé, et les femmes doivent gagner votre attention. Et quand, finalement, vous lui parlerez au téléphone, vous raccrocherez en premier, pas parce que certains livres sur les relations vous ont dit de le faire, mais parce que vous êtes vraiment occupé.

3) **Ne pas être disponible pour un rencard si vous êtes déjà pris par autre chose.** (Et au fait, pour être attirant pour les femmes, vous **devriez** faire autre chose dans votre vie que de draguer des filles.)

Laissez-moi répéter tout ça encore une fois, parce que c'est important. En n'étant pas toujours disponible, vous augmentez votre valeur.

Quand vous adoptez l'état d'esprit qui dit que vous êtes un homme de grande valeur qui décide tout seul si ça vaut la peine de passer du temps avec une femme, il y aura certaines choses dans son comportement que vous tolérerez ou pas. Quand elle vous décevra, vous ne lui prêterez plus attention.

En tant que mâle dominant, vous vivez la vie que vous voulez, sans avoir besoin de l'approbation des autres. (Malheureusement, la plupart des gens ne **vivent pas** la vie qu'ils veulent précisément pour cette raison : Ils ont peur de la désapprobation.)

En conséquence, vous vous dirigerez vers les choses que vous voulez et vous éloignerez de celles que vous ne voulez pas. Vous êtes un homme de grande valeur et méritez d'être traité en tant que tel par les autres.

CHAPITRE 9 : Créer Votre Propre Réalité Forte

Votre monde est comme vous le percevez. Sur Internet, on trouve bon nombre de croyances, et ces croyances s'appuient sur les propres observations des gens.

Par exemple, de nombreux sites religieux parlent de Dieu comme s'il existait de manière évidente, alors que pour les athées cela n'a aucun sens. À la lecture de ces sites, vous trouverez de très bons arguments pour chacune de ses deux visions. Comment cela est-il possible, étant donné que les deux ne peuvent avoir raison en même temps ? C'est grâce aux réalités provenant de personnes différentes.

Et si vous vous cassiez la jambe ? Serait-ce un problème ? Vous vous dites sûrement: « Évidemment que c'est un problème! » Mais supposons que vous soyez un soldat britannique en 1914 et que cette jambe vous empêche de devenir de la chair à canon sur le front.
Alors vous remercieriez probablement votre bonne étoile pour ce plâtre !

Voilà l'idée : la réalité est telle que vous la percevez. Il n'existe pas de réalité objective. Tout est ouvert à interprétation.

Et s'il pleut aujourd'hui ? Vous en aurez une perspective différente selon si vous aviez prévu de faire un pique-nique aujourd'hui ou si vous êtes un agriculteur en période de sécheresse. Même une inondation n'est pas forcément mauvaise pour tout le monde. Les gens qui font du kayak en eaux vives adorent les inondations.

Ainsi, si vous avez le pouvoir de voir le monde comme vous le souhaitez. Vous pouvez vous créer votre propre réalité, votre propre façon de voir les choses.

Une personne dont la réalité est faible se fait imposer sur sa vision du monde la perception des autres gens. Une personne qui a une réalité forte n'est pas affectée par les perceptions des autres, et, au contraire, impose aux autres **sa** vision du monde.

Supposons que vous alliez dans une boîte de nuit un soir et que vous ayez du mal à trouver une place pour vous garer. Un mâle dominé, qui laisse les facteurs extérieurs avoir une prise sur lui, en sera contrarié. Mais il vous est possible de choisir une façon de voir les choses qui ne vous contrariera pas. Ne pas réussir à trouver une place veut dire qu'il y a aura beaucoup de monde dans cette boîte, donc beaucoup de femmes.

Vous vous êtes déjà retrouvé coincé dans les bouchons ? Ça n'est pas grave car c'est une occasion pour vous de faire une pause, de vous détendre, de méditer, peut-être même d'écouter un peu de musique. Vous n'avez pas à rejoindre le reste du troupeau qui est contrarié. Vous avez le pouvoir de décider de votre perception des évènements.

Maintenant, concentrons-nous sur la perception des choses qui est la vôtre en ce qui vous concerne vous-même. Il vous faut penser que vous êtes un prix que les femmes vont gagner.

Exercice Facile Pour Mâle Dominant - Mettre en place votre état d'esprit quant à vous et les femmes.

Vous devez **être convaincu** que chaque femme serait chanceuse de vous avoir. Réfléchissez aux questions suivantes et écrivez ensuite toutes vos réponses sur une feuille de papier.

Cet exercice peut sembler simple, mais il est très important, car si vous n'avez pas encore totalement intégré la mentalité d'un mâle dominant, il est **essentiel** que vous commenciez à maîtriser vos modes de pensées. De plus, il est toujours utile de noter sur papier quelques idées et de pouvoir ensuite les relire quand il faudra vous rappeler les étapes par lesquelles vous êtes passé.

1. Si vous autorisez une femme à faire partie de votre vie, comment pouvez-vous la rendre heureuse ? Faites une liste de possibilités.

2. Imaginez être un homme de grande valeur, dont le temps et l'attention sont recherchés de tous. Quelles sont les règles pour que les gens méritent de recevoir votre attention et votre temps ?

3. Quelles sont les activités **amusantes** que vous appréciez et que les femmes apprécient aussi ? (Les femmes ont besoin d'émotions pour devenir sexuellement réceptives, elles aiment les choses qui **déclenchent des émotions,** comme de parler au téléphone avec des amies. La manière la plus simple de tuer toute envie de sexe chez une femme est de lui parler de choses logiques comme les comptes d'entreprises par exemple.)

4. Quelles sont les qualités que vous avez (ou pouvez développer) et que les femmes trouvent attirantes ?

5. Que pourrait faire pour vous une femme, pour mériter l'honneur d'être invitée à faire partie de votre vie?

Écrivez vos propres réponses, et gardez en tête que certaines choses sont **essentielles** aux femmes : le plaisir sexuel, la passion, des émotions positives et de la sensualité.

Alors que les femmes tireront profit d'une relation avec vous, vous devrez aussi vérifier leurs qualités. En tant qu'homme, vous avez probablement de forts désirs sexuels (c'est mon cas à moi !) , alors vous ne voudrez pas d'une femme frigide. Les comportements qui me conduiraient à quitter une femme sont la malhonnêteté, l'immaturité et l'obésité.

Mon type de femme est une femme qui m'aime réellement, aime la vie et prend soin d'elle.

Vous êtes le seul à savoir ce que vous voulez et quels sont les superbes avantages qu'une femme gagnera en votre compagnie. Je vous recommande fortement de finir cet exercice avant de poursuivre votre lecture de ce guide.

Ok, maintenant que vous avez lu les questions, y avez pensé et avez mis vos réponses par écrit, nous possédons une **carte de route** de la façon dont vous allez devenir attirant pour les femmes.

Dit autrement, vous êtes sur le point de réaliser à quel point vous êtes spécial. Dans le monde de l'amour, vous êtes une Lamborghini. Si une femme ne s'en rend pas compte, c'est elle qui y perd, pas vous.

J'aime particulièrement l'image de la Lamborghini grâce à sa pertinence sur les relations d'un homme avec les femmes. Une Lamborghini n'a aucune valeur en soi, elle peut être un tas de pièces métalliques qui a une consommation d'essence très excessive, ou elle peut être une chose puissante et belle que vous seriez content de payer le prix d'une maison. Tout cela dépend de votre perception des choses.

    Les vendeurs de Lamborghini ont la forte conviction que leurs voitures sont de grande valeur. En conséquence, ils ne laissent pas n'importe qui les essayer sur la route. Ils ne proposent pas de remise, contrairement aux vendeurs de chez Peugeot ou Fiat, qui, eux, n'ont pas cette même conviction.

CHAPITRE 10 : Le Secret tout Simple qui Fera de Vous un Dominant.

La dominance est la caractéristique numéro 1 qui attire les femmes. Ce que je m'apprête à vous révéler ici sont les secrets qui feront que les femmes voudront que « tout devienne » sexuel avec vous.

Voilà le secret : être dominant, contrôler la perception. C'est aussi direct que ça.

Il est important de comprendre l'importance du concept de perception. Comme je l'ai dit auparavant, il n'y a pas de réalité objective. Toutes les différentes réalités n'existent que dans l'esprit des gens.

Donc, si une femme fait tout un drame de quelque chose, et que vous la suivez, vous êtes réduit à un rôle de dominé et vous faites imposer sa perception des choses.

Si par contre, vous imposez la perception que son drame est idiot, drôle et pas du tout important, alors vous l'aurez **attirée** dans **votre** réalité.

Voici un exemple qui vient de ma propre relation actuelle, ma copine voulait que je vienne avec elle chez ses parents pour les rencontrer. Je préférais passer la soirée avec mes amis, et je lui ai exposé mes projets.

Elle a plutôt mal réagi et m'a dit : « John, c'est très important pour moi que tu m'accompagnes. »

La plupart des hommes se seraient fait attirer dans sa perception et auraient eu une longue discussion, voire une dispute à ce sujet. Après tout, il faut discuter des sujets importants.

Mais si vous proposez la perception que le fait qu'elle veuille que vous rencontriez sa famille n'est pas important, alors vous réagirez en disant : « Bien sûr, on le fera un jour » et rapidement changerez de sujet pour parler de quelque chose de plus intéressant. C'est ce que j'ai fait, et ça l'a attiré dans ma réalité.

Utilisez cette stratégie tout le temps. En tant qu'homme votre réalité est plus forte.

Parce que votre puissante croyance est à présent, « je suis une chance pour elle, pas le contraire, » elle adhérera à votre perception.

Un des boulots que j'ai fait de temps à autre, pendant de nombreuses années, a été celui de livreur de pizzas. (Au fait, si vous voulez garder un ventre plat, évitez les pizzas !)

Alors que je n'avais pas encore le bon état d'esprit, je devenais toujours très nerveux lorsque je frappais à une porte et qu'une jolie femme venait m'ouvrir. C'était parce que je les considérais comme étant des chances pour moi (et pas le contraire).

Alors, lorsque j'essayais de leur plaire, je donnais l'impression d'un gars peu sûr de lui, ce qui ruinait toute l'attirance qu'elles auraient pu avoir pour moi.

Mais ensuite, j'ai adopté l'idée que c'était moi la bonne affaire. En conséquence, j'étais **indifférent** même lorsque je livrais une pizza à une belle femme. Je disais simplement, avec une voix et une posture détendues, « Salut, la pizza c'est XX Euros ».

Parfois elles se mettaient à flirter avec moi *sans retenue*. (Elles ne le faisaient **jamais** avant.) J'ai couché avec quelques-unes d'entre elles, dont une avec laquelle je suis sorti pendant un an, elle était exceptionnelle au lit. Elle faisait de gros efforts pour gagner mon affection, j'étais un défi pour elle.

Les femmes n'aiment pas être posées sur un piédestal. Même si parfois elles disent le contraire, les hommes qui ont du succès avec elles ne les voient pas de cette façon. Ils se comportent juste naturellement.

Les femmes sont peut-être des êtres exceptionnels qui aiment coucher avec vous, mais elles sont aussi des êtres humains tout comme nous. En définitive, les femmes sont beaucoup plus proches des hommes que la plupart des hommes ne le pensent.

Le problème avec le fait de le mettre sur un piédestal, c'est que cela vient de la perception de quelqu'un dans le besoin.

Pensez aux gens autour de vous qui manquent d'affection. Ils vous étouffent en essayant en permanence d'attirer votre attention. Ils le font car ils sont apparemment incapables de s'amuser tout seul.

Psychologiquement parlant, ils vous donnent envie de les repousser plutôt que de passer du temps avec eux. Alors, considérez le point de vue d'une femme lorsqu'elle vous voit comme étant en manque.

Comment évitez cette sensation ? Faites attention à chaque fois que vous pensez quelque chose comme :

- « Si je perds cette fille, je ne baiserai pas pendant des mois ».

- « J'ai vraiment envie de lui plaire. Qu'est ce que je pourrais faire pour lui plaire » ?

- « Est-ce que je dois déjà lui téléphoner » ?

Le côté ironique de vouloir à tout prix que les gens vous aiment est que cela a exactement l'effet inverse— **ça les repousse**.

Alors, arrêtez de mettre les femmes sur un piédestal. Une meilleure et plus saine façon de voir tout ça est de vous dire que **vous** devez grimper sur ce piédestal. Vous êtes le gros lot.

Prenons deux exemples de mecs qui draguent une fille. Le premier croit qu'il doit réussir à gagner l'affection de cette femme. Le deuxième est convaincu que c'est lui le gros lot.

Mâle dominé (nerveux) : « Pourrais-je avoir l'honneur de vous emmener au restaurant ? Je vous invite. Où voudriez-vous aller ? »

La femme : « Merci ! » (Sourire.) *« Je voudrais aller au Supero Chero Ritzo. Allons-y ! »*

Ils vont déjeuner, la femme le voit comme un mec sympa et comme un ami, et ils ne coucheront jamais ensemble parce qu'elle n'est tout simplement pas attirée par lui.

Et au fait, même si les hommes se plaignent de tout cet argent qu'ils dépensent pour les femmes sans jamais rien obtenir en échange, les femmes, elles, de leur côté, ne voit pas ça comme si elles tiraient profit de lui.

Après tout, si vous étiez tout en haut d'un piédestal et que quelqu'un vous demandait sans cesse de lui faire l'honneur de votre présence pour déjeuner, ne trouveriez-vous pas que vous lui donnez exactement ce qu'il veut en allant seulement déjeuner avec lui ? Si un homme a des plans secrets qu'une femme devine (il veut coucher avec elle, ou une relation plus sérieuse), alors, selon elle, il devient inquiétant.

> *Mâle dominant (décontracté et bien dans sa peau) : « Je vais déjeuner dans mon restau préféré, Le PasChero. » (Et puis, sur un ton détaché, presque comme s'il venait d'y penser): « Vous avez l'air sympa. Accompagnez-moi. »*
>
> *La femme (rieuse) : « Bla bla » (Ce qu'elle dit n'a vraiment pas d'importance, car, tant qu'elle se sentira à l'aise avec le mec en question, elle l'accompagnera.)*

Notez bien la perception des choses que propose cet exemple. L'homme vit dans sa propre réalité. Il veut aller déjeuner, et il sait où il veut aller.

La femme ayant gagné son attention, elle est alors invitée à se joindre à lui. C'est lui le gros lot, pas elle – elle a l'air sympa, alors elle a le droit de l'accompagner.

Dans le premier exemple, la femme est clairement le prix à gagner, l'homme est de faible volonté (il ne sait pas où aller manger), et il sait que sa valeur est moins importante que la sienne (il apparaît d'ailleurs comme étant nerveux), et il la supplie pratiquement de lui parler.

Notez également que « Accompagnez-moi » est en fait un **ordre**. Voyez-vous, un mâle dominant n'a pas peur de se mettre en danger en disant des choses telles aux gens.

Faites attention, cependant, à adoucir ce type de phrase en les disant d'un ton détaché et joueur. Vous ne voulez pas avoir l'air rude ou autoritaire.

Enfin, remarquez à quel point ce déjeuner n'est pas perçu comme étant un rendez-vous, au contraire du premier exemple. Cela évite d'être mis dans la catégorie « hommes pour relations » et d'avoir à attendre des mois avant de coucher avec elle.

L'esprit fonctionne d'une façon telle, comme je l'ai mentionné précédemment, que lorsque vous croyez quelque chose, votre esprit s'arrange pour vous prouver que c'est vrai. C'est pour cela que l'exercice précédent doit vous faire commencer à croire que vous êtes l'amant rêvé que veulent toutes les femmes.

Alors que vous adopterez l'état d'esprit qui dit que vous êtes une bonne affaire, vous réaliserez que toutes les femmes sont très chaudes lorsque les conditions adéquates sont réunies. (Ici, elles sont guidées par un homme sûr de lui). Vous n'avez pas besoin de la validation ni de l'approbation d'une femme, par contre, elle a besoin de la vôtre.

Pour résumer, en tant qu'homme séduisant, vous :

1) Choisissez quelles sont les femmes qui entrent dans votre vie, pas le contraire.

2) Devez prendre les commandes, les femmes étant habituellement passives en ce qui concerne les relations amoureuses.

3) Les excitez émotionnellement (et sexuellement).

4) Savez qu'en tant qu'homme de grande valeur, c'est aux femmes de gagner

votre affection.

5) Ne prenez pas les femmes trop au sérieux, ne prenez pas non plus la vie trop au sérieux.

6) Avez vos propres convictions, êtes sûr de vous, et pensez par vous-même.

7) Savez que vous n'avez pas besoin de leur approbation !

Pratiquement tous les hommes que je connais qui ont du succès avec les femmes ont réalisé ces choses et se tiennent en haute estime. Pourquoi ? Parce qu'ils (et vous aussi) savent comment amener les femmes aux plus grands plaisirs.

CHAPITRE 11 : Comment Être Encore Plus Beau que Vous n'auriez Jamais Pu L'imaginer

Votre apparence est importante, mais pas du tout autant que vous le croyez. Et pas non plus comme vous le croyez probablement. Les femmes ne sont pas jugées sur l'apparence de leur compagnon comme nous, les hommes, par rapport à la beauté de nos petites amies.

Imaginez ceci : vous êtes en vacances et rencontrez dans un bar une fille très ronde et aussi excitée sexuellement que vous l'êtes.

Vous n'avez personne d'autre en vue cette nuit, alors qu'allez-vous préférer, coucher avec cette grosse, ce dont personne n'entendra jamais parler, ou vous masturber tout seul dans votre chambre ?

La plupart des mecs choisiront la première option. En considérant qu'elle n'est ni hideuse ni dégueulasse – elle est juste un peu trop grosse.

C'est pareil pour les femmes. Tant que vous remplissez certains critères minimums – en l'occurrence que vous n'êtes ni complètement obèse ou déformé d'une horrible manière – vous ne serez pas éliminé juste parce que vous êtes moche.

Votre apparence physique compte pour environ 20 à 30% de votre potentiel d'attraction pour les femmes. (D'autres facteurs sont votre confiance en vous, le fait que vous ayez l'air à l'aise et bien dans votre peau, votre statut social, et la façon dont les femmes se sentent en votre présence.)

Si Johnny Depp – un mec qui vaut 10 sur 10, physiquement parlant (d'après ma copine actuelle) – se révélait être une lavette dépressive, qui reste avachi et tremble à l'idée de parler à une fille qu'il vient de rencontrer, il n'aurait pas beaucoup de succès avec les femmes.

Alors, en toute franchise, une bonne apparence physique ajoutera un certain quelque chose à l'attirance que vous inspirerez aux femmes. Dans ce chapitre, vous allez découvrir les secrets qui vous permettront de changer votre apparence – dès ce soir – et qui multiplieront par deux ou trois votre attraction sur les femmes.

Vos chaussures

Je commence par les chaussures pour une bonne raison : les femmes les remarquent beaucoup plus que les hommes. Beaucoup d'hommes ne possèdent que quelques paires de chaussures. Avez-vous déjà vu combien en possède la femme moyenne ? Elles sont très sensibles à ce que nous avons aux pieds.

Alors, soyez sûr d'avoir de belles et élégantes chaussures, même un peu **plus voyantes** que les chaussures classiques qu'un mec normal porterait.

Quand vous êtes dans un magasin de chaussures, n'hésitez pas à demander l'avis d'une femme avant d'acheter !

Vous ne voulez pas payer trop cher une erreur. Dites simplement: « Hé, j'ai besoin d'un avis féminin rapide. Quelle paire préférez-vous, celle-ci ou celle-là ? »

Les gens répondent plus facilement à une question à choix limités, alors, je vous recommande de choisir d'abord les deux paires que vous préférez et de demander un avis ensuite.

Ne vous en faites pas, si la fille en question n'aime aucune des deux paires proposées, elle jettera probablement un coup d'œil aux autres chaussures du magasin et vous dira celles qui lui plaisent. (Par la même occasion, vous aurez lié conversation avec une inconnue, espèce de petit coquin !)

Au minimum, vous aurez besoin de quatre paires de chaussures :

       1) Marrons décontractées.
       2) Noires décontractées.
       3) Marrons élégantes.
       4) Noires élégantes.

Pour les chaussures élégantes, je prends celles qui ont besoin d'être cirées. Vous paierez plus cher pour ce type de chaussures (j'ai payé les miennes 150 dollars), mais elles dureront des années, elles vaudront donc l'investissement.

Lorsqu'elles sont cirées, on me complimente beaucoup à leur sujet. (J'ai remarqué que les femmes aiment les chaussures cirées.)

Pour les chaussures décontractées, j'aime porter des bottes mi-basses. J'en ai acheté une paire très cool au marché aux puces pour seulement 20 dollars. On me complimente beaucoup à leur sujet également, des femmes comme des mecs branchés.

(Lorsque quelqu'un de cool vous complimente, c'est un signe qui trahit que vous avez atteint le statut de « cool ».)

Les bottes sont également une solution pour les hommes un peu petits qui voudraient gagner quelques centimètres.

Évitez les chaussures qui vous donnent l'air d'en faire trop pour vous intégrer, comme ces baskets à 100 euros avec une virgule sur le côté.

Vos cheveux

Si vous êtes comme la plupart des gars, vos cheveux ne ressemblent à rien à l'heure actuelle. Vous avez peut-être la même coupe depuis des années ou vous essayez d'avoir la même coupe que vos amis, bien que vos cheveux soient très différents des leurs.

Il est temps de changer. Regardez les coupes des stars de cinéma et des rock stars, trouvez- en une qui vous plait, et essayez de la copier. Faites des expériences. Au moment où j'écris ce guide, la coupe « sexe » (les cheveux en bataille, comme si vous sortiez du lit d'une femme) est à la mode.

Envisagez d'aller chez un coiffeur reconnu et de lui donner carte blanche pour faire ce qu'il voudra en fonction de vos cheveux et de votre visage.

Si vous voulez vraiment être sexy (et que vous n'êtes pas homophobe), je vous conseille d'aller chez un coiffeur homosexuel. En effet, les gays ont un sens presque surnaturel de ce qui plaira aux femmes.

Et, honnêtement, si votre ligne d'implantation a reculé jusqu'à devenir très visible, alors, rasez-vous la tête. Il y a un important pourcentage de femmes qui considère un crâne rasé comme étant attirant, en effet, la calvitie irradie virilité et vigueur. Si vous êtes plutôt âgé, un crâne rasé vous fera paraître plus jeune.

Couvrir les trous avec une mèche en travers du crâne ne trompe personne. Et quelques femmes trouvent qu'un sommet de crâne dégarni est sexy.

Votre peau

Une des choses les plus simples (et les moins chères) que vous puissiez faire pour augmenter votre sex-appeal est d'améliorer votre bronzage.

Vous ne voulez évidemment pas aller trop loin à cause des risques de cancer de la peau, mais la lumière solaire vous est aussi essentielle pour obtenir votre dose nécessaire de vitamine D, qui aide votre corps à produire de la testostérone. (Le manque de soleil est aussi associé aux caractères dépressifs.) Dans tous les cas cependant, bronzez, et les femmes vous trouveront sexy.

Vous pouvez faire d'une pierre deux coups en faisant du sport en extérieur.

Le rasage

Les barbes et moustaches ne sont pas vraiment à la mode en ce moment, sauf si vous trouvez un look qui va à votre morphologie de visage ou si vous avez des défauts que vous voulez cacher. Un bouc, par exemple, peut faire des merveilles pour faire oublier un menton fuyant. Si vous avez des cicatrices dues à l'acné juvénile sur vos joues, une barbe peut être une solution.

Envisagez de vous raser les testicules et les poils pubiens qui poussent autour et sur la base de votre pénis. Si vous faites cela, votre pénis semblera plus propre et plus appétissant pour une femme. Elle vous fera des pipes plus souvent.

Tout comme nous préférons que les femmes s'épilent entièrement le sexe (tous ces poils finissent dans notre bouche), les femmes également préfèrent lorsque nous sommes rasés. En bonus, votre pénis paraîtra plus grand sans tous ces poils autour.

Ne soyez pas sensibles. Vous raser les testicules est beaucoup plus facile que vous ne le pensez. Essayez donc avec de la mousse et un rasoir. Les poils partiront sans problème.

Le rasage de vos aisselles peut réduire la prolifération des bactéries et donc les mauvaises odeurs.

Soyez aussi certain qu'aucun poil de nez ou d'oreille ne dépasse. Beaucoup de filles trouvent ça absolument rédhibitoire. Vous trouverez des rasoirs électriques prévus pour cela dans n'importe quel supermarché pour moins de 15 Euros.

De nombreux hommes se rasent le torse de nos jours, en effet, de plus en plus de femmes semblent préférer les torses imberbes aux torses poilus. Cependant, il s'agit d'un choix personnel. Si vous n'y accordez pas d'importance, essayez donc de vous raser le torse et de porter une chemise ouverte pour voir les réactions autour de vous.

Si vous êtes tentés de vous raser les bras et les jambes, ne le faites pas. La plupart des hommes qui le font sont soit a) des bodybuilders professionnels soit b) gays.

Les vêtements

Même vêtus de manière décontractée, choisissez des chemises et tee-shirts à votre taille, pas des vêtements super larges. Ça peut être un peu difficile, la plupart des vêtements qui vous plairont ne vous iront pas. Environ 10% des habits que vous essaierez dans un magasin vous conviendront.

Je ne saurai assez répéter l'importance de ne pas porter de vêtements trop larges. Ils ne sont à la mode que dans les banlieues ou auprès des adolescents. Ils ne cacheront pas votre ventre.

Le meilleur moyen de cacher votre bouée ventrale est de porter des vêtements qui attireront l'attention sur votre torse, par exemple avec des rayures horizontales sur votre poitrine.

Si vous êtes **gros,** il va sans dire que vous devriez également faire du sport (**cardio et muscu)** et manger d'une manière saine pour perdre du poids.

Cela améliorera aussi vos niveaux de testostérone. Une masse graisseuse excessive (environ 20% ou plus de votre masse corporelle) peut causer une augmentation de votre production d'hormones œstrogènes. (Vous avez déjà remarqué que certains hommes gros avaient des « seins de femmes » ? Maintenant vous savez pourquoi.)

Portez des vêtements qui rapprochent le plus votre silhouette de celle de l'homme parfait... C'est-à-dire grand, avec de larges épaules, un torse en V et une taille fine. Voici ce que les femmes aiment !

Évitez les vêtements qui vous donnent une silhouette différente de celle-ci. Par exemple les hommes gros devraient éviter les vêtements avec des rayures horizontales au niveau de la taille.

Si vous êtes grand et mince, portez une veste ou une chemise à manches longues, déboutonnée par-dessus un tee-shirt cintré. Les rayures horizontales sont acceptées, pas les verticales.

Les hommes petits devraient éviter les rayures horizontales, elles leur donnent l'air d'être trop larges. Au contraire, ils doivent opter pour du cintré, chemises cintrées et pantalons cintrés.

Éloignez-vous de tout ce qui est trop commun, comme les fines rayures ou les polos des universitaires. Et non, les femmes ne vous trouveront **pas** original si vous relevez votre col, tout le monde le fait déjà.

Une marque sur votre tee-shirt ? Cela vous donne l'air de faire partie d'une équipe. C'est bien si vous voulez être un mec normal au lieu d'un loser, mais les filles préfèrent les hommes qui se **démarquent** de la masse aux panneaux publicitaires ambulants.

Lorsque vous êtes habillé de manière décontractée, vous voulez donner l'impression que vous vous êtes habillé juste après avoir fait l'amour à une femme. Alors ne rentrez pas votre chemise, sauf si vous portez un costume. Et laisser les deux derniers boutons ouverts.

Évitez les designs de mauvaise qualité ou tout ce qui faire penser que vous **essayez** d'être cool.

Envisagez de porter un costume et une cravate de temps à autre, surtout si vous êtes dans un milieu où les hommes s'habillent simplement, comme une université.

Vous avez déjà remarqué comme les femmes n'hésitent pas à complimenter les hommes qui portent des costumes cravate ? Ce sont des vêtements de dirigeants. Ils communiquent un certain statut et de l'ambition, il n'y a aucun désavantage à en porter.

Bien sûr, vous devez vous assurer au préalable de votre statut de dominant, ou vous aurez l'air d'un idiot qui essaie d'impressionner la galerie.

Lorsque vous portez un costume, portez-le avec une chemise en coton (unie, sans rayures), des boutons de manchettes, un pantalon et une veste noirs et des chaussures en cuir noires. Portez une belle cravate en soie, qui peut éventuellement avoir un dessin voyant. Remarquez le type de compliments que les gens vous feront. Rien n'inspire l'autorité comme un costume noir.

Les vêtements classiques sont à la mode, à condition de ne pas être trop flamboyants.

Les jeans fonctionnent bien aussi. Essayez d'en avoir une paire plutôt chère. Choisissez-les cintrés (slims) pour que vos jambes aient l'air minces. Les jeans larges vous donnent un air **féminin** à cause des courbes qu'ils vous font.

Assortir

Je suis toujours étonné de voir tant d'hommes qui font des erreurs de style qui paraissent pourtant évidentes. Ils portent par exemple une ceinture marron avec des chaussures noires. S'il vous plait, faites attention à bien assortir les couleurs de vos vêtements ensemble.

Il vous faut tout assortir. Il y a deux méthodes possibles :

1) Des couleurs similaires

2) Des couleurs très contrastées.

Les couleurs ont tendance à affecter les humeurs et l'énergie des gens. Alors, vous devez réfléchir à ce que vous voulez communiquer lorsque vous vous habillez, et assortir ensuite votre tenue de manière appropriée.

Il y a deux grandes catégories – chaud et froid. Les couleurs chaudes sont le jaune, le orange et le rouge. Les froides sont le violet, le bleu et le vert.

Si vous souhaitez assortir dans une même couleur, vous pouvez avoir des teintes d'une même couleur, par exemple, un jean bleu clair et un tee-shirt bleu foncé.

Vous pouvez également associer des couleurs qui se ressemblent – rouge et violet, par exemple, sont toutes les deux des couleurs chaudes qui sont proches sur **l'arc-en-ciel des couleurs.**

Vous pouvez aussi mélanger des couleurs qui sont opposées sur l'arc-en-ciel des couleurs – un jean bleu foncé avec un tee-shirt marron clair par exemple.

Les couleurs neutres – blanc et noir – vont pratiquement avec tout. Vous pouvez aussi envisager de porter des couleurs qui sont principalement noires ou blanches – comme le beige, qui est du blanc teinté de marron – ou le gris, qui est un mélange de noir et de blanc. Mais jamais du beige **avec** du gris.

Les couleurs de vos accessoires (ceinture, montre, etc.) devraient être assortis à celle de vos chaussures autant que possible. Votre pantalon ne devrait jamais trop contraster avec vos chaussures, alors que c'est possible pour votre chemise.

Une autre règle qui devrait être évidente en matière de vêtements mais qui ne l'est pas toujours : vos vêtements doivent être propres. Les femmes sont beaucoup plus sensibles à des vêtements tachés ou sales que les hommes.

Comment savoir si vos vêtements ont besoin d'être lavés :

1) Cherchez les tâches sur les pantalons et les tee-shirts. Si vous en trouvez, passez la tâche sous l'eau du robinet et frottez-la avec un détachant. Mettez ensuite le vêtement au lave-linge.

2) Les chaussettes et les sous-vêtements ne devraient être portés qu'une seule fois avant d'être lavés.

3) Les jeans doivent être lavés lorsqu'ils se détendent, même s'ils ne sont pas tâchés.

4) Rien de devrait sentir. Si quelque chose sent, lavez-le.

5) Les tissus anti-froissage sont très courants aujourd'hui. Le repassage n'est donc pas aussi nécessaire qu'il l'était avant, Cependant, certaines choses doivent toujours être repassées, les chemises en coton que l'on portent avec un costume par exemple.

Lorsque vous portez un costume, faites attention à ce que votre chemise soit légèrement raide, ou alors vous aurez l'air débraillé. Vous n'avez pas besoin d'avoir un fer à repasser, amenez simplement vos affaires chez un teinturier, il s'en occupera.

Les femmes apprécient également les sous-vêtements fantaisistes. Elles-mêmes portent souvent des choses très colorées. Alors, achetez-vous quelque chose avec un texte imprimé ou une photo.

La nuit où j'ai rencontré mon amie actuelle, elle s'est extasiée devant mon caleçon Bob L'Éponge. Les boxers de couleurs foncés sont aussi un excellent choix.

Les Accessoires

La plupart des hommes ne « s'accessorisent » pas bien, il est alors facile pour vous de vous démarquer dans ce secteur. L'idée générale est qu'ils soient à la fois **discrets et intrigants.** N'ayez pas l'air d'e faire trop.

Cherchez des accessoires cool et qui vont bien avec votre personnalité. Une montre à 30 Euros avec un beau bracelet en cuir est plus originale, et vous vaudra plus de compliments de femmes, qu'une montre en argent à plusieurs milliers d'Euros.

Et une vieille bague en argent à 15 Euros avec un beau design attirera 100 fois plus de regard féminins qu'une chevalière à 500 Euros.

Il y a de vastes possibilités en matière d'accessoires, l'important est qu'ils vous démarquent des autres hommes. Évitez les choses que des tonnes d'autres mecs ont, comme un tatouage sur l'avant-bras, ou un collier de surfeur en coquillage. Soyez unique.

Votre Style

Il y a deux genres de mecs – ceux qui baisent, et ceux qui ne baisent pas.

Pour coucher, vous devez d'abord trouver à quelle catégorie de gens vous appartenez (les étudiants, les cadres sup, les racailles, les BCBGs, etc.), observez comment les mâles dominants de votre catégorie s'habillent, et copiez-les.

Essayez tout particulièrement d'être plus cool que les autres en termes de chaussures, d'accessoires et dans la façon dont vos vêtements vous vont. (Faites attention à être le plus proche possible de la silhouette idéale, épaules larges et taille fine, comme décrite précédemment.)

Par contre, ne soyez *vraiment plus* cool que tous les autres ou vous aurez l'air de ne pas être à votre place, ou d'être étrange, voire gay. Soyez juste légèrement mieux habillé que le mec le mieux habillé de votre catégorie.

Regardez autour de vous, ce que devriez porter ou éviter vous apparaîtra évident rapidement. Par exemple, les tee-shirts avec des logos sportifs, des bouteilles de bières ou des phrases que vous ne diriez pas si vous étiez polis n'attirent pas les femmes. Et, la plupart du temps, les mecs qui les portent rentreront seuls chez eux.

Regardez le dernier film à la mode pour vous donner des idées vestimentaires.
 (Au moment où j'écris ce livre *Ocean 12* en est un bon exemple.)

Faites aussi attention aux publicités qui sont destinées aux 18-35 ans. Je ne parle pas des publicités de vêtements (ils ont tendance à montrer des vêtements hors de prix), mais les publicités comme celles des compagnies aériennes ou pour les téléphones portables. Les mannequins de ces pubs sont en général habillés d'une manière cool qui est censé plaire au plus grand nombre.

Lorsque vous faites du shopping pour des vêtements, demandez un avis féminin.

Alors que vous serez en train de vous fabriquer un style qui vous sera propre et unique, essayez d'éviter les choses trop communes ou banales. Pour ma part j'aime acheter des fringues dans des boutiques qui proposent des choses vintages. J'aime particulièrement m'habiller avec des vêtements du début des années 80, des couleurs claires et des coupes cintrées. Mais il ne s'agit que de ce qui va avec ma propre personnalité.

Choisissez alors quelque chose qui sera à la fois unique et à la mode et qui ira bien avec votre personnalité, sans toutefois trop vous prendre la tête au sujet de votre look.

Car, bien qu'un bon look vous y aidera, ce n'est pas lui qui vous fera baiser, ce sont vos comportement de mâle dominant et votre état d'esprit.

Les femmes ne s'intéressent pas qu'à la beauté chez un homme, elles aiment aussi les hommes de statuts élevés qui leur fourniront passion, plaisir et romantisme. Elles cherchent un homme qui leur fera passer un bon moment et se sentir bien.

Au même titre que votre style vestimentaire, votre physique est important. Il vous faut développer un corps masculin et athlétique. Cela veut dire faire du sport, et avoir une alimentation saine.

Faire du sport ne vous fera pas seulement avoir l'air en meilleure santé, vous aurez aussi plus d'énergie **et** serez plus attirant pour les femmes car cela vous donnera également beaucoup plus de confiance en vous.

La chose la plus importante à propos de votre apparence physique est qu'elle doit être cohérente avec votre personnalité. Vos vêtements créent une impression chez une femme. Alors si vous ne pouvez pas appuyer cette impression avec votre corps, elle se désintéresseront de vous.

Si vos vêtements lui font l'effet que nous fait une Lamborghini, alors une femme sera déçue de voir que le moteur à l'intérieur n'est qu'un vieux diesel.

Votre Corps

Avant que je ne me mette au sport, il y a six ans, les femmes pouvaient deviner mon âge. Elles me donnaient même parfois plus !

Environ six mois après avoir commencé à faire de l'exercice, les femmes que je rencontrais étaient surprises par mon âge – Elles me croyaient plus jeune.

Il y a quelques mois, une charmante jeune femme de 26 ans, qui me ramenait chez elle, était persuadée que je ne pouvais pas avoir plus de 28 ans. (J'en ai 40.) Elle ne m'a bien sûr pas cru lorsque je lui ai dit mon âge.

J'avais toujours été gras et flasque, je suis à présent mince et musclé. Sur une échelle de 1 à 10, on me donnait habituellement 4. À chaque fois que je postais ma photo sur des sites comme *sexyornot* (sexy ou pas.) j'avais une note comprise entre 4 et 5. Aujourd'hui, on me donne entre 8 et 8,5 et, d'après les compliments qu'on me fait sur mon physique, je dirais que cette note est méritée.

Vous ne pouvez rien faire pour vos gènes. Par contre, votre forme physique ne dépend que de vous. Elle rentre en grande partie dans le fait qu'une femme vous trouve attirant ou non. Et pour vous, c'est une bonne nouvelle.

Améliorer votre forme fera de vous quelqu'un d'attirant de bien des façons. Votre ventre s'aplatira, vous verrez vos abdos se dessiner. Alors que les muscles prendront du volume sur tout votre corps, ceux de votre visage se raffermiront aussi, rendant votre peau plus ferme et vos rides moins visibles.

Guide d'Exercices de base

Avant tout autre chose, une recommandation : Consultez votre médecin avant de commencer tout exercice physique ou régime alimentaire.

Le programme que je vais vous donner se compose d'exercices lourds et multi-ciblés, qui feront travailler de nombreux muscles en même temps, et également d'exercices isolés qui se chargeront des muscles qui auront été oubliés en chemin.

Les exercices multi-ciblés sont la base de votre entraînement. De trop nombreux hommes (ceux qui ne vont dans les salles de gym qu'à l'approche du printemps et qui ne s'y investissent pas) font simplement des haltères et du banc et ignorent totalement leurs jambes et leurs dos.

Cela entraîne une mauvaise posture, et qu'importe la taille de votre torse, des jambes trop maigres ne font pas bon effet. Les femmes font vraiment attention à nos jambes.

De lourds exercices multi-ciblés libèrent beaucoup de testostérone dans votre corps. En plus de sculpter vos muscles, une grande quantité de testostérone dans votre organisme est associée à une idée de dominance et de puissance sexuelle – deux caractéristiques qui plaisent énormément aux femmes.

Le programme d'entraînement que j'ai conçu vise à l'augmentation des muscles en taille. Si vous cherchez une augmentation en puissance, divisez le nombre de répétitions (reps) par deux.

Lundi –

¥Trois séries de squats.[1] Faites 20 reps[2], 15 reps et, pour finir, 12 reps.[3]
¥Trois séries d'élévation, jambes tendues (stiff-legged deadlifts). Faites 20 reps, 15 reps et puis 12 reps.
¥Deux séries d'extension des mollets (calf raises). Faites 20 reps, 15 reps, puis 12 reps.
¥Deux séries de flexion des biceps (arm curls). Faites 12 reps et puis 10.

Mardi –

¥Reposez-vous ou faites du cardio.

Mercredi –

¥Deux séries de développés inclinés avec haltères (incline dumbbell press). Faites 12 reps et 10 reps.
¥Deux séries de pompes avec poids (weighted forward-leaning dips[4]). Faites 12 reps et puis 10 reps.
¥Deux séries d'élévations laterales (lateral raises) Faites 12 reps et puis 10.
¥Deux séries de pull-over (overhead dumbbell

---

1   Si vous ne connaissez pas ces exercices, allez à l'adresse suivante : http://bodybuilding.com/fun/exercises.htm
2   Les muscles des jambes et des abdominaux sont principalement composés de fibres à étiration lentes, ils répondent mieux à de plus grand nombre de répétitions que les muscles du torse ou du dos.
3   Pour chaque exercice, utilisez toujours un poids qui rende les 3 à 5 dernières répétitions extrêmement difficiles.

4   Si vous ne pouvez pas faire les pompes avec du poids, faites-les sans jusqu'à ce que vous ayez la force suffisante pour ajouter les poids. (Faites de même avec les tractions et tractions inversées avec poids.)

presses). Faites 12 reps et puis 10.
¥Deux séries de relevés de buste avec poids (Weighted sit-ups). Faites 20 reps et puis 15.

Jeudi –

¥ Reposez-vous ou faites du cardio.

Vendredi –

¥ Trois séries d'élévation, cuisses serrées (deadlifts). Faites 12 reps, 10 reps et puis 8 reps.
¥Deux séries de tractions avec poids (weighted chin-ups). Faites 12 reps et puis 10 reps.
¥Deux séries de tractions inversées avec poids (pull-ups). Faites 12 reps et puis 10.
¥Deux séries de tirages avec haltères (dumbbell rows). Faites 12 reps et puis 10.
¥Deux séries d'élévation laterales (bent-over lateral raises). Faites 12 reps , puis 10.

Faites une ou deux séries d'échauffement avant de vous lancer dans les exercices principaux. Utilisez alors 50%, puis 75% du poids utilisé pendant les exercices. Par exemple, si vous utilisez 80 Kg pour les séries de squats, vous vous échaufferez avec, tout d'abord une série de 8 squats à 40 Kg et, ensuite, une série de 4 squats à 60 Kg.

Vous devriez ensuite vous sentir assez échauffé pour débuter les vraies séries. Si vous ne l'êtes pas, faites 2 ou 3 répétitions de squats plus proches de votre poids d'exercices. Dans l'exemple précédent, il vous faudrait faire 3 répétitions à 70 Kg.

Il est important que vous alliez au bout de vos capacités, ou très proche de cette limite. Pour une série de 20, 15 ou 12 répétitions, vous devez utiliser le poids maximum que vous puissiez soulever 20 fois de suite.

Limitez vos entraînements à 50 minutes. Les études ont montré que, passée cette durée, vos muscles commenceront à cataboliser (se fissurer) trop rapidement et vous vous ferez plus de mal que de bien.

Donnez-vous deux à trois minutes entre chaque série pour pouvoir récupérer, tout en vous rappelant que vous devez terminer tous les exercices dans la limite des 50 minutes.

Immédiatement après votre séance, il vous faut absorber un mélange de protéines et d'hydrates de carbone. Ceci arrête l'effet catabolique de cassure que vous avez démarré en soulevant des poids et amenant votre corps en phase anabolisante (augmentation de la masse musculaire).

Les mardis, jeudis et samedis, vous devriez faire des exercices cardiovasculaires s'il vous faut perdre de la masse graisseuse. Je vous recommande de faire des séances d'entraînement par intervalles (HIIT, High Intensity Interval Training).

L'entraînement par intervalles (HIIT) est composé de séances courtes et intenses à la fois. Des études ont prouvé qu'il était plus efficace que des séances d'entraînement modéré plus longues (par exemple, une demi-heure de jogging).

Une séance à intervalles ne dure que 10 minutes. Vous alternez des phases de sprint de 30 secondes et de jogging lent de 30 secondes, et ainsi de suite jusqu'à la fin des 10 minutes.

Maintenant, lorsque je dis sprint, je veux dire **à fond**. Courrez aussi vite que cela vous est possible.

Bien que l'entraînement pas intervalles soit de plus courte durée qu'une séance de cardio classique, vous allez vraiment le sentir ! il va vous falloir arriver progressivement à des séances de 10 minutes :

Semaine 1 — Une séance de 2 minutes, 3 fois par semaine
Semaine 2 — Une séance de 3 minutes, 3 fois par semaine
Semaine 3 — Une séance de 4 minutes, 3 fois par semaine
Semaine 4 — Une séance de 5 minutes, 3 fois par semaine
Semaine 5 — Une séance de 6 minutes, 3 fois par semaine
Semaine 6 — Une séance de 7 minutes, 3 fois par semaine
Semaine 7 — Une séance de 8 minutes, 3 fois par semaine
Semaine 8 — Une séance de 9 minutes, 3 fois par semaine
Semaine 9 — Une séance de 10 minutes, 3 fois par semaine

En conclusion, **surveillez votre alimentation.** Un dicton populaire chez les bodybuilders dit que « les muscles de construisent dans la cuisine, pas dans les salles de musculation ». Pour augmenter votre masse musculaire, votre corps a quotidiennement besoin de 2 grammes de protéines par kilogramme de masse corporelle. Le poulet, le bœuf, les noix, le thon et les poudres protéinées sont d'excellentes sources de protéines.

Mangez fréquemment, privilégiez de nombreux petits encas, plutôt que trois gros repas par jour. Cela assure que votre corps ait assez de protéines en permanence pour effectuer la synthèse protéique nécessaire à vos muscles.

Mangez bien, des calories saines. Évitez « les graisses trans ». (Recherchez « acides gras insaturés » ou « partiellement saturés » sur les étiquettes alimentaires.)

Évitez la « junk food » ou « malbouffe », comme les sodas, les chips et les pains blancs. Les glucides ne sont pas un problème en eux-mêmes… il vous faudra simplement savoir reconnaître les bons, comme les hydrates de carbones que l'on trouve dans l'avoine, les pains complets et les fruits et légumes frais. Évitez les féculents.

Pour finir, faites bien attention à vous hydrater suffisamment, vos muscles sont en effet principalement composés d'eau.

Être beau, ça veut dire quoi ?

Étant donné que 20 à 30% de l'attraction que vous inspirez aux femmes dépend de votre apparence physique, plus vous serez beau, plus vous remarquerez un changement dans vos relations avec elles.

Vous vêtir avec soin, faire du sport et avoir une alimentation saine aidera plus particulièrement les hommes plus âgés (30 ans et plus). Les hommes obtiennent un statut plus élevé et deviennent naturellement des mâles dominants en prenant de l'âge, alors, si vous avez en plus un ventre plat, les améliorations n'en seront que plus spectaculaires.

En portant de plus beaux vêtements et en étant en meilleure forme, vous ne serez pas seulement plus beau, mais vous aurez aussi plus confiance en vous et une plus grande estime de vous-même.

À chaque fois que votre ego a besoin d'un remontant, il vous suffit de regarder dans le miroir. Cela vous aidera de beaucoup de façons qui, en s'ajoutant les unes aux autres, vous aideront à plus apprécier votre vie. Alors, faites du sport, mangez bien et habillez-vous mieux.

CHAPITRE 12 : Des Techniques Importantes pour Prendre le Contrôle de Votre État d'Esprit et Construire Votre Personnalité Idéale

Je vous ai confié de nombreux secrets de grande valeur. Il est temps pour vous de prendre le contrôle de vous-même. Vous, et personne d'autre, prenez les décisions. Cela vous veut dire qu'il vous faut développer un **locus interne de contrôle** de votre vie.

La plupart des gens ont un locus externe, ils considèrent que des forces extérieures décident de leurs vies. Ils pensent que le succès et la réussite échappent à leur contrôle. D'une certaine façon, c'est très pratique car cela leur permet de rejeter la faute sur quelqu'un ou quelque chose d'autre lorsque rien ne va dans leur vie.

Pour ceux d'entre nous qui ont un locus de contrôle externe, le fait de travailler dur ou pas pour quelque chose importe peu, la vie n'est pour eux qu'une affaire de chance. Cette impuissance est non seulement une excuse toute trouvée pour leurs échecs, mais elle devient également une prophétie qui se réalise d'elle-même. Parce que si vous pensez que vous ne pouvez pas réussir, devinez quoi ? Vous ne réussirez pas !

Les personnes qui ont un locus de contrôle externe ne contrôlent pas leurs émotions. Si les gens qui les entourent sont de mauvaise humeur, elles seront également de mauvaise humeur.

Elles ont aussi tendance à avoir peur de prendre des risques dans la vie. Lorsqu'elles font des erreurs, elles accusent les autres au lieu de chercher à en apprendre quelque chose.

Alors que nous avançons dans la vie, nous trouvons des explications à tout. Ces explications dépendent profondément de notre psychisme. Les psychologues ont même trouvé un nom pour ce phénomène : La Théorie d'Attribution.

Les études montrent que les gens qui ont du succès ont tendance à avoir un locus interne. C'est parce qu'une personne qui a un locus interne est persuadée **qu'elle crée sa propre chance dans la vie.** Elle croit que plus elle s'efforce de faire quelque chose, plus elle y réussira. Tout ce qu'elle veut accomplir est toujours, selon elle, du domaine des possibles.

Un locus de contrôle interne entraîne **confiance en soi et auto-motivation.** Cela vous rend optimiste, car vous savez que votre destinée est entre vos mains.

Alors que vous progresserez dans votre processus d'auto-amélioration, vous devez commencer à trouver des cause internes, comme sur la liste suivante :

Ancienne façon de penser

- C'était un boulot facile.
- Je suis motivé parce qu'une femme m'a donné son numéro de téléphone.
- J'ai perdu toute motivation car une femme m'a rejeté.
- J'ai eu une bonne note parce que le prof a été gentil et nous a donné un examen facile.

- Ma bonne étoile a fait que j'ai couché avec elle dès le premier soir.
- Je ne pollue pas parce que c'est interdit.
- Je sais que je suis une bonne affaire car j'ai couché avec beaucoup de femmes.
- Tout marche bien dans ma vie car j'ai de la chance.
- Une amitié vaut la peine lorsqu'on s'entend bien avec une personne.
- C'est aux professeurs qu'il revient de m'enseigner.
- J'ai une mauvaise estime de moi car je n'ai pas accompli grand chose dans ma vie.
- Les gens riches ont eu de la chance au cours de leurs vies.
- Je ne contrôle pas mon destin.
- Les femmes me rendent nerveux.

Nouvelle façon de penser

- J'ai fait du bon boulot.
- Je me sens motivé parce que je l'ai décidé.
- Ma motivation vient de moi-même, le fait qu'une femme m'ait rejeté n'y change rien.
- J'ai eu une bonne note parce que je suis intelligent et que je travaille dur.
- Je me suis amélioré à tel point qu'une petite veinarde a couché avec moi ce soir. C est arrivé car j'avais créé les conditions propices.
- Je ne pollue pas parce que je pense que c'est mal.
- Je sais que je suis une bonne affaire pour une femme parce que j'en suis convaincu, je suis en forme, et mon langage corporel traduit ma confiance en moi et mon contrôle.
- Tout marche bien dans ma vie car j'ai pris les bonnes décisions.
- Une amitié vaut la peine lorsqu'on peut compter l'un sur l'autre.
- C'est à moi de décider d'apprendre.
- J'ai une haute estime de moi. Je sais que je suis capable

d'accomplir ce que je veux.
- Les gens gagnent de l'argent en travaillant intelligemment et en poursuivant leurs rêves.
- Mon destin est entre mes mains.
- Je ne me sens pas à l'aise avec les femmes lorsque je crois (à tort) devoir gagner leur approbation.

Vos attributions affectent votre comportement. C'est la première qui explique pourquoi les gens qui s'attribuent à eux-mêmes les choses ont plus de succès. Les millionnaires qui y sont arrivés par leurs propres moyens ont tendance à être des gens qui ne comptent que sur eux-mêmes pour améliorer une situation.

Si vous croyez être le genre d'homme qui attire les femmes, alors votre comportement deviendra tout naturellement attirant.

Supposons que vous draguiez une femme dans une laverie. Vous êtes totalement à l'aise et vous avez une super conversation avec elle.

Lorsque chacun a fini de plier son linge, vous allez manger un morceau ensemble. Après quelques heures passées ensemble, vous vous dirigez dans un bar pour prendre un verre, et, finalement, vous allez chez elle pour faire l'amour.

Pourquoi avez-vous réussi à coucher avec elle ? Et bien, c'est parce qu'elle vous a trouvé attirant pour diverses raisons, la plus importante étant votre confiance en vous.

Alors, d'où vient cette confiance ? Vient-elle du fait que vous avez déjà couché avec d'autres femmes ? Si c'est le cas, il s'agit d'une attribution externe.

Le problème avec les attributions externes est qu'elles vous rendent victimes d'un système de punitions et de récompenses. Tant que vous obtenez la récompense (ici, le sexe), votre confiance reste grande et vous restez motivé pour continuer à aller à la salle de sport et à porter de beaux vêtements.

Mais, si vous commencez à connaître des échecs avec les femmes, votre confiance va s'effriter. Alors, vous quitterez la salle de gym et porterez n'importe quoi.

Il vaut mieux donc, être confiant parce que « vous êtes comme ça », plutôt que de vous baser sur des choses qui dépendent du monde extérieur.

Si votre confiance provient de vos attributions internes, alors vous la garderez quel que soit le nombre de femmes qui n'auraient pas le bon goût de vous choisir. (Remarquez bien que je ne dis pas, « qui vous auraient rejetés ». Il faut rester positif !)

Et au fait, il fut un temps où j'étais si terrifié de parler aux femmes que je commençais à voir flou, à rougir et à bégayer comme un idiot dès que j'essayais. Tout cela parce que j'accordais trop d'importance à ce que les femmes pensaient. La solution définitive à tout ça, c'est d'**arrêter de penser que les femmes sont importantes.**

Oui, vous avez bien lu.

Penser que les femmes sont importantes ne peut que vous faire du tort en ce qui concerne les jeux de l'amour. Au lieu de cela, voyez-les plutôt comme une source d'amusement, d'excitation et de sexe… Rien de plus, rien de moins. Ne percevez pas toutes les femmes comme des petites amies potentielles, cela vous fait donner trop d'importance à leur avis.

Exercice Facile pour Mâle Dominant – Si vous avez un locus de contrôle externe, vous pouvez vous en débarrasser en vous créant une liste de choses à blâmer lorsque tout ne va pas bien dans votre vie. Faites votre liste dès à présent.

Vous avez fait votre liste ? Génial. Vous avez peut-être noté certaines choses comme :

1) Les autres, comme vos parents qui ont fait du mauvais boulot en vous élevant ou votre boss qui vous empêche de progresser. Les gens de votre lycée qui se moquaient de vous et vous faisaient vous sentir mal. Ces gens sont la cause de votre peur irrationnelle des étrangers, et de vos problèmes actuels pour créer de nouvelles relations.

2) Les circonstances. Vous êtes né pauvre, votre oncle vous frappait, vous êtes allé dans une mauvaise école et vous n'avez pas eu toutes les opportunités d'éducation qu'ont eu les autres.

3) Vos gènes. Votre visage n'est pas symétrique, vous êtes petit, etc.

Je n'essaie pas du tout de minimiser vos problèmes. Le problème est que, trop souvent dans la vie, nous nous **bloquons** à cause de circonstances qui sont hors de notre contrôle. Alors nous croyons ne rien pouvoir faire pour changer nos vies.

Nous ne pouvons pas changer la façon dont nous ont élevés nos parents, alors, en être contrariés est une perte de temps. Qu'importe à quel point cela vous attriste, vous ne changerez pas ce qui s'est passé.

En regardant de près votre liste, ne pouvez-vous voir aucune vraie raison qui fasse que vous soyez si pessimiste que vous ne fassiez **rien** pour changer votre vie ? Tout ça à cause des gens sur cette liste. Pourquoi leur donner ce pouvoir ?

Toutes les études ont montré que la simple idée que nous contrôlons notre vie peut avoir un impact significatif sur nos actions. Plus nous croyons ne pas avoir le contrôle de notre vie, plus nous sommes susceptibles de baisser les bras.

Alors que vous allez commencerez à internaliser votre locus de contrôle, vous allez penser de plus en plus de manière positive. Vous aurez le pouvoir d'améliorer vos points faibles. Si vous êtes moche par exemple, faites du sport, changez votre alimentation et apportez plus de soin à la façon dont vous vous habillez.

Vous commencerez également à vous auto-motiver. Vous vous rendrez compte de votre détermination à vous améliorer, et que si vous êtes persistant lorsque vous désirez quelque chose (comme le sexe), vous augmentez vos chances de l'obtenir.

Plus vous croirez que vous contrôlez votre vie, plus vous aurez de chance de réussir ce que vous tentez.

Vos Pensées

Vous êtes en permanence en train de penser. La plupart de vos sentiments viennent de ces pensées. La bonne nouvelle ici, c'est qu'en tant qu'êtres doués de raison, **nous avons le pouvoir de choisir nos pensées, et donc nos sentiments.**

Nous pouvons choisir de penser (et de ressentir) de manière positive ou négative. La mauvaise nouvelle c'est qu'il est trop souvent facile d'avoir des pensées négatives. Alors, il nous faut **œuvrer** à rester positifs.

Par exemple, admettons que vous participiez à une soirée de « speed dating » et que chacune des femmes qui vous y rencontriez choisisse de ne pas vouloir vous revoir.

Une façon négative de voir cette situation serait de penser que vous êtes une merde, et qu'il est normal que toutes ces femmes ne veuillent pas vous parler. Et puis, il y avait tous ces autres mecs qui étaient beaucoup mieux que vous. Vous auriez peut-être passé une meilleure soirée si vous étiez resté à la maison pour jouer à la console.

Une façon positive de voir tout ça serait de réaliser, qu'avec chaque fille, vous avez trop plissé votre front et trop souri, ce qui a donné l'impression que vous étiez nerveux et à la recherche d'approbation. Corrigez donc ces deux fautes classiques de langage corporel, et vous ferez une meilleure impression la prochaine fois.

Ce que vous pensez devient souvent une part de votre vie. Si vous vous inquiétez, alors vous trouverez des choses au sujet desquelles vous inquiéter. Si vous êtes optimiste, vous attirerez les bonnes personnes et les bonnes choses. Alors, si vous voulez avoir du succès, il vous faut avoir des pensées positives.

Ressasser le passé est à l'origine de bon nombre de vos pensées négatives. Vous avez certainement déconné avant. L'important est d'**oublier le passé.**

Pour bien comprendre cela, il faut accepter que le passé **n'existe plus,** sauf dans votre tête. Laissez de côtés vos anciennes erreurs et n'y pensez plus une fois que vous en avez retenu les leçons.

Essayez d'éliminer toute pensée négative. Identifiez-en les sources dans votre vie et empêchez-les de vous influencer. Personnellement, mes sources de négativité sont certaines personnes, certaines chansons et certains programmes télés comme les infos. (Ne vous sentez pas obligé d'être accro aux infos. Si le monde touche à sa fin, quelqu'un vous le dira bien !)

Développez un état d'esprit positif.

Tout est dans votre esprit. Et dans votre attitude...

« Pourquoi une fille serait-elle attirée par moi, » pensez-vous. *« Je suis trop petit. »*

> *Vous arrivez en classe et vous asseyez à votre place habituelle. La fille assise devant vous se retourne soudain et vous dit : « Tu pourrais me donner une feuille ? »*
>
> *« Bien sûr », répondez-vous, en lui tendant une feuille.*
>
> *Vous ne lui parlez plus pendant le reste de la classe. La nuit suivante, vous repensez à cette fille, vous en rêvez alors que vous êtes seul dans votre lit, en pensant que vous êtes un loser...*

Ce que vous n'avez pas réalisé c'est que cette fille a fait un effort pour vous parler. Elle n'avait pas vraiment besoin d'une feuille... Elle aurait pu en demander une à sa voisine et n'aurait pas eu à se préoccuper de l'habituelle dynamique homme-femme. Mais elle a pris ça comme excuse pour vous parler, parce que vous l'intéressiez. Elle pense vous avoir envoyé un signal très clair.

Mais vous n'avez rien vu.

Pour que quelque chose vous arrive, il vous faut d'abord y croire. Dans notre exemple, si vous aviez pensé être un homme attirant, alors vous seriez réceptifs à ce genre de situations. Mais si vous ne voyez pas que cette fille vous trouve attirant comme une possibilité, alors vous allez bloquer cette éventualité dans votre esprit, même si c'est aussi flagrant que cette fille qui demande une feuille.

Attendez-vous à ce que de bonnes choses vous arrivent. De cette façon, vous serez prêt à saisir les opportunités.

Identifiez les pensées négatives dès leur apparition, et chassez-les. Alors que vous éliminez les pensées négatives, laissez venir les pensées et sensations positives. Choisissez d'être heureux et confiant à l'intérieur, qu'importe ce qu'il se passe à l'extérieur.

Soyez content de vous et convainquez-vous que vous serez heureux quoi qu'il arrive. Votre confiance vient de l'intérieur, et vous vous améliorez tous les jours car cela fait fondamentalement partie de vous.

Voici quelques façons de développer un état d'esprit plus positif :

1) **Voyez-vous constamment comme la personne que vous voulez être.** Imaginez comment vous vous comporteriez et quelle sorte de bonheur vous récolteriez si vous étiez la personne idéale. Visualisez quel argent vous gagneriez, la maison dans laquelle vous vivriez, et l'apparence que vous auriez. Évitez les influences négatives dans votre vie, comme les amis qui ne font que des commentaires pessimistes.

2) **Alors que vous vous rappelez du passé, ne pensez qu'à vos succès.** Comprenez que tous vos échecs n'ont été que temporaires et plus le résultat du hasard que venant fondamentalement de vous.

3) **Anticipez le succès** (mais ne vous y attachez pas). Imaginez-vous relaxés, et attendez-vous-y parce que, comme vous êtes l'amant idéal de chaque femme, il est évident que vous aurez les succès que vous souhaitez. Souriez et appréciez le fait d'être un homme attirant pour les femmes.

4) **Commencez à identifier vos pensées.**

Rappelez-vous que vous contrôlez vos pensées, pour que vous puissiez visualiser n'importe quelle chose que vous désiriez. Votre réalité est telle que vous la voyez, **utilisez vos pensées pour vous remonter le moral** plutôt que pour vous miner. Albert Einstein à un jour déclaré : « Votre imagination est la prévision des prochaines attractions de la vie. »

5) **Faites des affirmations,** je vais vous expliquer cela tout de suite.

Changer votre façon de vous parler grâce à des affirmations

J'ai connu de nombreux succès en modifiant mes attitudes, et la plupart d'entre eux proviennent d'affirmations que je me suis dites. Les affirmations sont des phrases que vous vous répétez sans cesse jusqu'à ce que vous les croyiez.

Alors que votre journée passe, vous êtes en permanence en train de vous dire des choses. Ces phrases sont souvent de **mauvaises** affirmations, telle que :

« Je suis un tel un loser. »
« Je ne sais pas parler à des inconnues. »
« Je suis déprimé. »
« Je suis de mauvaise humeur. »
« Je suis paresseux. »
« Je suis coincé dans un boulot minable et je n'y peux rien. »
« Ma vie est nulle. »

Oulala ! Je ne peux pas taper plus d'exemples. Ça me rappelle trop de mauvais et douloureux souvenirs de la façon que j'avais de penser ! Vous avez compris l'idée, et peut-être que si vous aviez le temps, vous pourriez rajouter à ma liste de nombreuses pensées négatives qui sont les vôtres.

Le problème des pensées négatives est qu'elles ont tendance à se renforcer. Plus vous les pensez, plus vous trouverez des sentiments pour les appuyer, plus elles s'incrustent dans votre esprit.

Plus vous vous répétez une affirmation, tout en la **visualisant** et en la **ressentant**, plus vous commencez à vraiment la croire. Si ce que vous vous dites est trop négatif, vos insécurités et vos problèmes s'additionneront les uns aux autres.

La bonne nouvelle ici, c'est que vous pouvez faire des affirmations **positives.** En vous répétant de nouvelles idées encore et encore, vous pouvez les intégrer à votre esprit.

Prenons l'affirmation : « Je deviens plus extraverti. » Tout d'abord, votre esprit essaiera de bloquer cette idée comme étant beaucoup trop radicale et nouvelle. Après tout, vous avez passé des années à vous répéter que vous étiez asocial.

Et puis un jour, après quelques semaines à vous répéter des affirmations plusieurs fois par jour, voici que vous faites quelque chose que vous n'auriez **jamais** fait encore un mois auparavant – peut-être qu'en train de faire la queue à la caisse d'un magasin, vous commencez à bavarder avec vos voisins de file. Vous le faites sans même y penser, parce que cela fait partie de votre nouvelle personnalité. C'est quelque chose de vraiment étonnant lorsque cela vous arrive.

Il vous faut cependant savoir que le processus de ces affirmations est très graduel. Il est en fait si lent qu'il est difficile de vraiment en voir les effets. Continuez simplement à vous y acharner, continuez à vous répéter ces phrases, et vous vous surprendrez un jour en vous comportant d'une nouvelle façon.

Les affirmations peuvent faire trois choses pour vous :

1. Changer ce que vous croyez de vous, et y ajuster votre personnalité.

Par exemple, si vous utilisez l'affirmation : « mon état d'esprit devient de plus en plus positif », cela vous rendra plus positif. Lorsque vous étiez habitué à penser, « C'était nul », vous commencerez alors à penser, « Je n'ai peut-être pas réussi à ____, mais au moins j'ai appris que ____, alors, je ferai mieux la prochaine fois. Et j'ai VRAIMENT réussi ce qui concernait ____, donc, tout s'est plutôt bien passé en définitive ».

2. Renforcer ce que vous pensez de vous.

J'ai toujours été satisfait de mes cheveux. Alors je m'affirme, « J'ai des cheveux géniaux », cela m'aide à devenir le genre de personne confiante qui vous toujours le verre à moitié plein.

3. Vous Motiver.

Vous pourriez utiliser l'affirmation : « Je parle aux femmes que je trouve attirantes ». Alors, votre esprit s'adaptera pour trouver des façons d'aborder ce genre de femme.

Vous vous mettrez à penser des choses comme : « Il faut vraiment que je me bouge le cul et que j'aille en ville pour voir si je peux y rencontrer des femmes » ou « je me demande quand se passe la prochaine soirée speed dating ». À l'épicerie, lorsque vous croiserez une belle femme vous trouverez n'importe quelle excuse pour lui parler, par exemple : « Excusez-moi comment fait-on pour savoir si un avocat est mûr ? »

Les affirmations fonctionnent par ce que vous **devenez ce que vous pensez.** Elles obligent votre esprit à penser d'une certaine manière, et lorsque vous utilisez ces affirmations pendant suffisamment longtemps, ces nouvelles pensées deviennent votre nouvelle réalité.

Il ne vous suffit pas de vous **dire** ces affirmations, vous devez en **ressentir** chaque mot et **visualiser** cette nouvelle réalité. De cette manière vous vivrez cette affirmation en utilisant trois caractéristiques essentielles à l'homme (la vue, l'ouïe et l'imagination).

Par exemple, une de mes affirmations personnelles est de penser, alors que je suis en train de marcher dans la rue : « J'aime être un mâle dominant sûr de lui ». Lorsque je le pense, je sens mes muscles se détendent et me mets à me déplacer plus lentement, la tête haute. Je visualise mon Moi idéal et ça me rend plus joyeux.

Lorsque vous êtes seul chez vous ou dans votre voiture vous pouvez dire ces affirmations à voix haute. Vous impliquez totalement votre ouïe lorsque vous parlez à voix haute. Bien sûr, vous devriez également impliquer votre vue en visualisant ce que vous dites, et vos émotions aussi, alors que vous ressentirez des choses en imaginant ces affirmations être vraies.

Lorsque vous commencez l'auto-programmation d'une nouvelle caractéristique de votre personnalité, utilisez le présent de l'indicatif dans une forme progressive. Par exemple ne dites pas « je suis heureux dans ma vie ». mais plutôt « je **suis chaque jour un peu plus** heureux ».

Cela surmontera les résistances que vous pourriez avoir par rapport à une nouvelle affirmation. Bien que vous vous disiez, « je suis heureux », vous penseriez toujours, « En réalité, je ne suis **pas** quelqu'un d'heureux ». L'utilisation d'une forme progressive permet de surmonter cela.

Après quelques semaines, une fois que vous vous sentirez vraiment plus heureux que vous ne l'étiez auparavant, alors, vous pourrez commencer à affirmer que c'est vrai, avec une nouvelle phrase comme : « je suis totalement heureux ». En continuant à vous répéter cette affirmation, vous remarquerez que votre personnalité le reflètera de plus en plus, jusqu'à ce qu'elle soit entièrement intégrée à votre nouveau Vous.

De temps à autre, pour éviter de retrouver votre ancienne mentalité, il vous faudra recommencer à vous répéter de vieilles affirmations.

Les affirmations ont ceci de similaire à la salle de gym : Comme il vous faut continuer à soulever de la fonte pour conserver votre physique, vous devez également continuer à influencer vos pensées pour garder votre personnalité idéale.

Lorsque vous développez vos affirmations, il vous faut trouver la technique qui fonctionne le mieux pour vous. Certaines personnes sont très sensibles auditivement parlant, la meilleure technique pour elles consistent à enregistrer leurs affirmations et à se les repasser en boucle par la suite.

Si vous avez un PC Windows, il vous suffit d'utiliser un micro et le programme d'enregistrement qui se trouve dans presque tous les systèmes d'exploitation Microsoft. Si vous utilisez un Mac, voici un programme très simple qui s'appelle Audacity et qui vous permettra de vous enregistrer :
http://audacity.sourceforge.net

D'autres personnes sont plus sensibles visuellement, il leur faut visualiser les affirmations qu'elles se répètent en se créant des films et des images dans leur esprit.

Je suis sensible d'une manière kinesthésique (les motivations proviennent essentiellement de sensations physiques), les gens comme moi doivent essayer de ressentir les sensations de leurs affirmations comme si elles étaient vraies. Par exemple, lorsque je me répète l'une des affirmations de la page suivante, je ressens vraiment la joie et l'excitation du succès.

Même si vous trouvez la meilleure méthode pour vous, essayez toujours de faire appel à vos autres sens. Une autre méthode. Par exemple, consiste à mettre sur papier vos affirmations.

Lorsque vous commencerez à écrire les premières phrases, vous esprit sera en plein doute. Mais en fur et à mesure que vous noircirez la feuille, vous verrez de quelle manière hallucinante votre esprit s'adaptera aux nouvelles convictions que vous affirmerez.

Exercice Facile pour Mâle Dominant – il est temps de trouver vos propres affirmations. Voici quelques règles qui vous aideront à les formulez :

1) Affirmez des choses **réalistes** que vous souhaiteriez accomplir. (Si vous affirmez : « J'ai 10 000 petites amies », alors vous vous engagez à être déçu, car c'est physiquement impossible. Cinq ou dix sont des chiffres plus raisonnables.)

2) Faites des affirmations aussi solides que possible. « Je suis extrêmement confiant » c'est mieux que « Je suis confiant ».

3) Chaque phrase doit contenir au maximum une douzaine de mots.

4) L'esprit répond mieux à des sollicitations positives. « Je suis très détendu en société », aura un meilleur effet que « Je ne suis pas nerveux en société ».

5) Lorsque vous voulez vous débarrasser d'une caractéristique, utilisez la phrase « Je n'ai pas à… ». Par exemple, « Je n'ai pas à me sentir menacé par les autres hommes ».

Voici quelques affirmations qui ont très bien fonctionné pour moi :

- Je suis à l'aise et en confiance.[5]
- J'ai une très haute estime de moi-même.
- Je suis un mâle dominant.
- J'aime discuter avec des femmes.
- Je suis l'amant rêvé de toutes les femmes.
- Je pense de manière optimiste
- J'ai confiance en moi.
- Je n'ai pas à m'inquiéter de ce que pensent les femmes.
- J'évolue avec élégance, dignité et style.
- Je suis content de moi.
- Je me sens détendu, calme et en contrôle.
- Je bouge mes mains et ma tête lentement, car je suis un dominant.
- Mon corps est détendu et ouvert.
- Les femmes me voient comme quelqu'un de très sexuel.
- Je m'aime.
- Je suis un dieu au lit.
- Je suis un mec génial et ultra-confiant.
- Ma vie est super.
- Je suis à l'aise quand je parle aux autres.
- J'occupe l'espace où que je me trouve, car j'irradie de confiance.
- Je suis calme lorsque j'entre dans l'espace personnel des autres.
- Je touche les autres lorsque je leur parle.

---

[5] Rappelez-vous que, si vous n'êtes pas à l'aise du tout, il vous faut mieux commencer par dire: « Je deviens de plus en plus confiant. »

- Je suis un meneur naturel.
- Mon visage est détendu.
- Je demande beaucoup, je suis donc un défi pour une femme.
- Je suis extrêmement intéressant.
- Je suis imprévisible.
- Je suis aussi exceptionnel qu'un dieu grec.
- Je suis beau.
- J'attire la confiance de toutes les personnes auxquelles je parle.
- Je suis costaud et puissant, comme un champion de boxe.
- Je suis si incroyablement attirant et doué au lit que les femmes mouillent par ma simple présence !
- Avec les femmes, je persiste jusqu'à coucher avec elles, ou jusqu'à ce qu'elles me rejètent.
- J'apprécie les rejets, ils veulent dire que j'ai tenté le coup.
- Je suis aventureux.
- Je n'ai pas à chercher l'approbation d'autrui.
- Je suis un gagnant.
- J'ai de l'assurance.
- En matière de sexe, je suis un vilain petit coquin.
- Je suis une chance pour n'importe quelle femme.
- Je suis l'amant rêvé de chaque femme.
- Je me concentre sur des émotions positives.
- Je suis amusant et intéressant.
- Je suis sexuel.

- Je suis complètement satisfait et totalement détendu.
- Les femmes me veulent, évidemment, mais ça n'a pas grande importance au fond.
- J'ai des femmes en ABONDANCE dans ma vie !

Auto-Hypnose

L'auto-hypnose est un outil génial que vous pouvez utiliser pour programmer votre esprit. Elle est basée sur le principe que, lorsque vous vous détendez et arrêtez de penser, votre cerveau devient intensément réceptif aux suggestions. Ces suggestions s'infiltrent alors dans votre esprit et peuvent modifier votre vie.

Votre cerveau est un organe très complexe. Il pense, rationalise et raisonne en permanence. Souvent c'est lui qui résiste à l'acceptation de nouvelles idées et attitudes qui vous sont nécessaires pour améliorer votre vie.

Tout comme les affirmations, l'auto-hypnose est un processus progressif. À chaque séance, vous programmerez votre esprit vers ce que vous voulez obtenir, mais les progrès auront tendance à s'estomper avec le temps. Il vous faudra alors répéter les séances d'auto-hypnose régulièrement jusqu'à avoir totalement convaincu votre esprit de ces nouvelles idées.

Aucun équipement ou logiciel coûteux ne sont nécessaires ici. Vous avez simplement besoin d'un enregistreur de cassettes. Pour bien utiliser le procédé d'auto-hypnose, suivez ces instructions :

- Soyez sûr de ne pas être distrait. Éteignez votre téléphone portable, débranchez votre téléphone fixe. Vous ne voulez pas être interrompu au bout de 20 minutes d'enregistrement !

- Ne vous en faites pas si vous butez sur des mots lors de l'enregistrement. Continuez à lire. Lorsque vous réécouterez la cassette plus tard, ces erreurs vous sembleront si peu importantes que vous ne les remarquerez même plus.

- Assurez-vous qu'il n'y ait pas de bruit de fond. (Bruit de circulation, du frigo, etc.)

- Parlez d'une voix normale lorsque vous lisez le script. Parlez avec un débit modéré – ni trop vite, ni trop lentement. Ralentissez votre débit de parole lorsque vous arrivez au passage de « l'inspiration relaxante », et parlez d'une voix plus détendue. Lorsque vous écouterez la cassette, vous serez en train de passer dans un état profondément relaxé. La voix de l'enregistrement doit donc être, elle aussi, détendue.

- Avant de réécouter la cassette, éteignez à nouveau tous les téléphones et autres distractions potentielles. Vous ne souhaitez pas être interrompu en pleine relaxation.

- Mettez-vous à l'aise pour écouter la cassette, le corps étendu et relaxé. Pour ma part, j'aime m'allonger sur mon canapé pour le faire.

- Écoutez avec un esprit ouvert. Suivez les instructions que vous vous donnez.

Script pour la Cassette

Fermez les yeux. Prenez une profonde inspiration. Détendez-vous.

Je veux que vous regroupiez toutes les tensions de la journée, toutes les causes de stress en une petite boule posée sur votre front. Ajoutez-y toutes les tensions liées aux rejets des femmes dans votre passé.

Ajoutez-y encore les tensions liées à votre emploi, à votre carrière, à vos ambitions. Que tout ceci s'amasse dans cette petite boule sur votre front.

Maintenant, je veux que vous imaginiez que toutes ces tensions se mettent à couler. Qu'elles coulent de votre front jusque sur votre visage, pour ensuite couler sur votre menton et dans votre cou. Elles coulent plus bas encore, sur votre poitrine, puis votre ventre, sur votre taille, le long de vos jambes et entre vos orteils jusqu'à ce qu'elles aient toutes quitté votre corps.

Votre corps se libère de toute tension. Vous êtes de plus en plus profondément détendu.

Je veux maintenant que vous imaginiez que l'air que vous respirez est chaud et que vous vous détendez un peu plus à chaque inspiration. Vous ressentez que chaque inspiration vous procure une sensation de chaleur et un léger picotement dans les poumons. Maintenant, vous ressentez cette sensation de profonde détente se diffuser depuis vos poumons dans tout votre corps.

Votre respiration devient maintenant de plus en plus profonde, diffusant à chaque fois une sensation de relaxation plus profonde dans tout votre corps. Vous êtes de plus en plus détendu.

(Faites une pause d'environ 15 secondes.)

Vous êtes désormais complètement détendu et vous n'entendez que le son de ma voix. Je vous que vous vous répétiez mentalement ces affirmations après moi.

- Je suis très content de moi. (Après chaque phrase, marquez une pause pour permettre à l'auditeur – vous – de la répéter.)

- Être optimiste me permet de réaliser tout ce que je veux dans la vie.

- Je m'améliore en permanence.

- Il n'y a aucune limite à ce que je peux accomplir, alors, je vais programmer mon esprit pour avoir du succès au-delà de mes rêves les plus fous.

- Je suis sûr que cela fonctionnera car j'adopte le même état d'esprit que les hommes qui ont déjà du succès.

Maintenant que vous avez fini de répéter ces affirmations, je vais compter jusqu'à 10. À chaque fois que je vais dire un nouveau chiffre, vous vous sentirez plus détendu et relaxé. Un, vous êtes plus détendu. Deux. Trois. Quatre, vous êtes encore plus profondément détendu. Cinq. Six. Sept. Vous êtes toujours plus détendu. Huit. Neuf. Dix.

Vous êtes désormais aussi détendu que cela est possible en étant toujours éveillé. Je vais profiter de cette opportunité pour programmer votre esprit pour votre plus grand profit.

Vous êtes un homme sexy. Vous pouvez rendre une femme aussi heureuse que n'importe quel autre homme.

Vous désirez faire l'amour à de belles femmes.

Vous contrôlez votre propre vie. Vous, et personne d'autre. Vous pouvez décider d'avoir beaucoup de succès dans tout ce que vous faites, et vous êtes heureux d'avoir ce pouvoir.

Grâce à cet état d'esprit puissant et positif, vous irradiez d'une aura d'aisance, d'éclat et d'une confiance solide et tranquille.

Votre esprit est puissant, et votre volonté gagne en force chaque jour qui passe. Vous êtes déterminé à attendre vos buts.

Maintenant, je veux que vous inspiriez profondément à nouveau. Continuez à apprécier l'état de profonde relaxation dans lequel vous vous trouvez. Répétez les affirmations suivantes après moi.

- Je n'ai pas à laisser les autres gérer ma vie. (Cette fois encore, marquez une pause pour vous permettre de répéter les affirmations!)

- Je n'ai besoin que de ma propre approbation.

- Je me moque de ce que les autres pensent de moi, parce que je décide de ma propre vie.

- Je suis un super mâle dominant. J'ai une démarche de tueur et je suis incroyablement content de moi.

- J'aime les femmes car elles sont une source d'amusement et de plaisir dans ma vie.

- Lorsque je couche avec une femme, je le fais avec grand enthousiasme et recherche ma totale satisfaction et celle de ma partenaire.

- Je cherche activement à coucher avec des femmes. J'adore faire l'amour.

- J'aime donner de l'amour.

À partir de maintenant vous allez seulement m'écouter, vous n'avez plus besoin de répéter quoi que se soit. Continuez à apprécier de vous sentir totalement relaxé. Laissez votre esprit être détendu et laissez ces pensées vous pénétrer.

Lorsque vous êtes en compagnie d'une femme, vous êtes détendu et calme, quoi qu'il se passe, car vous contrôlez votre vie. Vous ne vous préoccupez pas trop de ce qu'elle pense de vous, car vous savez que vous êtes quelqu'un de drôle et d'intéressant, et qu'elle a de la chance d'être en votre compagnie.

Vous êtes la personne la plus importante du monde. Vous êtes vraiment génial et n'importe quelle femme aurait de la chance d'être avec vous. Vous méritez tout ce que vous obtenez car vous irradiez de chaleur et de joie.

Vous ne serez plus jamais soumis à quiconque. À aucune personne – homme ou femme.

Vous êtes un meneur né, pas un suiveur.

Vous vivez une vie très active, vous vous amusez et prenez du plaisir tous les jours, même grâce à des choses qui peuvent paraître insignifiantes.

Vous prenez soin de vous et de votre santé car vous voulez être fort et attirant et vivre longtemps.

Votre vie est intéressante. Vous aimez raconter de fascinantes anecdotes sur vous et votre vie aux femmes.

Vous désirez intensément rencontrer le succès financier. Vous savez que vous pouvez accomplir tout ce dont vous rêvez, et vous aimez vous voir approchez de ces rêves.

Vous êtes ambitieux et vous voulez avoir du succès sur le plan amoureux, amical, financier, de votre santé, de vos hobbies et passions.

À présent respirez profondément et détendez-vous.

Faites une pause pour un instant, et savourez le plaisir d'être en total contrôle de votre vie. Vous pouvez rencontrer tout le succès que vous désirez si vous le choisissez, et vous apprécierez chaque minute de ce succès. Vous aimez voir vos rêves se réaliser, comme ils le font dès à présent.

Très bientôt, vous allez sortir de cet état de relaxation et vous réveiller progressivement. Je vais compter jusqu'à 5, et vous allez vous réveiller progressivement, un peu plus à chaque chiffre. Un. Deux, vous êtes plus éveillé. Trois.

    Alors que vous vous réveillez, vous vous sentez totalement reposé, plein d'énergie et de vitalité et extrêmement confiant. Quatre, ouvrez les yeux. Vous êtes un mâle dominant. Cinq, vous êtes totalement réveillé. Vous vous sentez extrêmement reposé et de très bonne humeur !

CHAPITRE 13 : Ne Plus s'Attacher qu'aux Résultats

Elle: « Alors, qu'est-ce que tu fais dans la vie? »

Vous (Pensant, « Oh, je me demande ce que je devrais lui dire. Si la réponse lui plaît, on baisera ensemble. Sinon, je vais encore me branler tout seul ! ») : « Euh, Je suis, euh, ingénieur. »

Elle (qui s'ennuie) : « Ah, Ok. Ouais, c'est cool. Euh, je dois aller passer un coup de fil. »

Lorsque vous parlez à une femme, soyez détendu. Pour cela, il vous faut vous concentrer sur l'instant présent et faire attention à ce qui se passe autour de vous au lieu d'essayer d'analyser vos moindres faites et gestes.

Si vous pensez trop, cela interfère avec vos capacités à avoir des interactions sociales normales. Alors, lorsque vous parlez à une femme, n'analysez pas et ne jugez pas vos comportements. Essayez d'improviser plutôt que de raisonner.

Concentrez-vous sur ici et maintenant. Ne vous préoccupez pas du résultat. Il finira bien par y en avoir un.

Dans l'exemple précédent, plutôt que d'essayer de prévoir ce qui va se passer ensuite, il faut vous concentrer sur ce que cette fille est en train de dire. Détendez-vous et racontez-lui comment, alors qu'enfant vous rêviez d'inventer des choses, vous avez réalisé ces rêves en devenant ingénieur.

Et n'oubliez pas de vous amuser aussi. Détendez-vous et n'attachez pas trop d'importance à ce que vous dites ou à la façon dont vous vous comportez.

Rappelez-vous : Vous ne recherchez aucun résultat en particulier.

Tout ce que vous avez à faire, c'est créer les conditions favorables à un rapport sexuel, et vous verrez bien ensuite ce qui se passe vraiment. Si vous baisez, super. Sinon, ça n'est pas grave. Il y aura d'autres occasions.

Il y a des choses qu'on ne peut pas contrôler dans la vie, et d'autres que l'on peut. La clé pour être heureux est de se concentrer sur les choses que vous pouvez contrôler, et d'accorder le moins d'importance possible à celles que vous ne pouvez pas contrôler. Alors, détendez-vous et prenez du plaisir.

John Wooden est l'un des plus beau palmarès du basketball universitaire américain. Lorsque UCLA, son équipe, perdait un match, Wooden encourageait ses joueurs à ne pas y accorder trop d'importance. UCLA avait tout pour gagner, mais il avait simplement manqué un 5e quart-temps au match.

Je veux que vous considériez les femmes de la même manière. En ce qui concerne le sexe, vous finirez par baiser, je vous le garantis. Si vous faites preuve de qualités attirantes et que vous persistez avec un assez grand nombre de femme, vous arriverez toujours à baiser… Si on vous en laisse le temps.

Internet est un bon exemple d'endroit où vous n'attachez pas d'importance au résultat. Vous surfez sur Internet parce que c'est amusant, par parce que vous le devez ou parce que vous vous mettez la pression par rapport à ça. Vous n'en attendez rien de particulier.

Avec les femmes également, vous ne devriez pas dépendre autant des résultats. Si vous avez l'impression que vous avez BESOIN de baiser, cela vous prendra beaucoup d'énergie et vous fera vous sentir mal à chaque rejet provenant d'une femme.

Alors, surfez-les !

Croyez-moi, les femmes ont les sens aiguisés quand il s'agit de savoir si un homme a quelque chose en tête. Si votre **but** avoué est de baiser ce soir, vous enverrez les vibrations de quelqu'un en manque. Vous aurez l'air d'un naze.

Alors ne pensez pas à ce qui pourrait arriver ou pas à la fin de la soirée. Ce que êtes en train de faire tous les deux tout de suite devrait être amusant et plaisant pour les deux. Si elle croit que vous lui demanderez de coucher avec elle ensuite, elle pensera que vous voulez lui forcer la main.

Si vous n'attendez rien de particulier, vous serez beaucoup plus décontracté.

Si vous ne devez avoir qu'un seul but, il devrait être « d'augmenter la probabilité de baiser. » Vous pourrez y arriver en maintenant toutes les conditions qui rendent une relation sexuelle avec une femme possible. Il vous suffira ensuite de faire subtilement basculer la situation vers le lit.

Imaginez que vous rencontriez le meilleur vendeur de voitures du monde. Il ne peut pas garantir qu'il réussira à vendre une voiture à chaque personne qui passera sa voiture. Il peut seulement appliquer au maximum les principes de vente pour augmenter le nombre de personnes qui achèteront vraiment chez lui. C'est la même chose avec les filles. Il n'existe aucun moyen de les avoir toutes. Il vous est cependant possible de vous comporter en mâle dominant pour augmenter votre pourcentage de réussite au maximum.

Admettons qu'une fille en particulier vous rejette. Il peut y avoir un certain nombre de choses qui ne vont pas chez cette fille et qui ne dépendent absolument pas de vous. Peut-être qu'un autre homme vient tout juste de lui briser le cœur. Ou elle a peut-être bientôt un examen important et les garçons sont la dernière chose qu'elle ait en tête en ce moment. Comme le vendeur de voitures, tout ce que vous pouvez faire, **c'est mettre le plus grand nombre possible de chances de votre côté.**

Pour maximiser ces chances, soyez confiant. Il est complètement naturel de parler à une parfaite inconnue. Soyez sexuel sans être menaçant et gardez patience. Vous ne voulez pas qu'elle se rende compte de ce que vous attendez d'elle.

Faites que votre interaction reste naturelle et laissez-vous aller. La biologie humaine fera le reste.

CHAPITRE 14: Passer Outre Vos Insécurités.

Vous êtes-vous déjà dit les phrases suivantes :

- *« J'ai trop de boutons sur la gueule. »*
- *« Je suis trop gros. »*
- *« Je suis trop pauvre. »*
- *« Je n'ai pas de voiture. »*
- *« J'habite avec mes parents. »*
- *« Je suis vraiment trop timide. »*

Je voudrais maintenant que vous pensiez à toutes les caractéristiques que vous pensez avoir et qui vous rendent si peu attirant aux yeux de chaque femme.

Votre réalité étant celle que vous créez, il vous faut absolument détruire toutes ces croyances internes qui vous rendent hésitant et peu attirant pour les femmes.

Je ne vais pas vous dire que c'est facile, parce que ça ne l'est pas. Plus jeune, j'étais maladivement timide. Alors que mon vrai problème était que j'étais terrifié de parler aux gens (et surtout aux filles), je rationalisais tout ça en me disant des trucs comme : « J'aime mon intimité et je veux que personne ne s'occupe de mes affaires. »

Je n'ai réalisé que la timidité était le cœur du problème que lorsque j'ai enfin mis mon ego de côté pour réellement évaluer ma vie. Pour cela, il m'a fallu trouver des croyances sur moi-même qui étaient enfouies au plus profond de moi. J'ai alors compris que j'accordais vraiment trop d'importance à ce que les autres pensaient de moi. J'avais peur de l'idée de pouvoir être rejeté.

Une fois que j'ai eu identifié la vraie conviction de départ qui m'empêchait d'avancer, j'ai pu enfin laisser tomber mon ego et confronter totalement cette conviction. Cela a été une percée fantastique pour moi, car après avoir oublié mon ego, j'ai toujours réussi à dépasser ma timidité avec les femmes. C'est véritablement arrivé du jour au lendemain.

À partir de là, à chaque fois que je parlais à quelqu'un, j'essayais au maximum de me concentrer sur l'extérieur – ici, sur la personne avec laquelle je discute et sur le sujet de notre conversation – et non sur l'intérieur – ici, « Je voudrais que cette personne m'apprécie. »

Inversement, il est possible que vous ayez des convictions internes qui vous avantagent. Identifiez-les également et renforcez-les. Il se trouve que j'ai été gâté par la nature pour ce qui est d'augmenter ma masse musculaire. Alors, je pense à moi en sachant que je suis très musclé, cela aide ma confiance.

Exercices Faciles pour Mâle Dominant –

1. Identifiez les bonnes convictions que vous avez à votre sujet.
2. Renforcez-les en amplifiant ce qui fait leur force en vous.
3. Identifiez les mauvaises croyances. Éliminez-les.

Ceci ne fonctionnera pas du premier coup, à moins que vous n'ouvriez totalement votre esprit et que vous concentriez tous vos efforts à la réussite de ces exercices.

Même si vous êtes sceptique, si vous y travaillez doucement et régulièrement, ça **fonctionnera**. Pas à pas, observez vos comportements et vos pensées, puis, isolez les cheminements qui sont bons, et ceux que vous souhaiteriez changer.

Et rendez-vous service en gardant l'analyse de tout ceci pour **plus tard,** quand vous serez seul chez vous, pas avec une femme.

Lorsque vous êtes en compagnie d'une femme, restez concentré sur ce qui se passe à l'extérieur et sur la conversation que vous êtes en train d'avoir. Cela vous aidera à vous détendre et, en conséquence, à être plus attirant pour elle et à augmenter vos chances de la mener vers votre lit.

CHAPITRE 15 : Gérer Votre Peur Du Rejet

Imaginez-vous ceci: Vous êtes sur le point de parler à une superbe fille. Vous la voyez dans la section magazines d'un supermarché. Elle est en train de feuilleter le dernier Elle.

Ses cheveux sont doux et épais. Sa peau est claire et rayonne d'éclat. Sa taille est fine. Et, oulala, regardez-moi ces seins !

Vous ressentez le stress monter.

Les excuses se pressent dans votre esprit : « Je me sens vraiment fatigué », « Je ne suis pas bien habillé », « Je ne sais pas quoi lui dire », « Je n'ai pas de capotes sur moi ».

Les choses négatives que vous vous répétez vous font renoncer à aller lui parler. Vos chances de coucher avec elle viennent de tomber à zéro. Vous récupérez vos courses, rentrez chez vous, et dormez seul cette nuit-là. Vous avez foiré tout seul – la fille n'y est pour rien.

Vous n'avez pas hésité parce que vous étiez réellement fatigué, ou mal habillé, ou ne saviez pas quoi dire (et l'on trouve toujours le moyen d'acheter des capotes).

Votre vrai problème était la peur. Vous n'êtes pas allé lui parler car vous aviez peur d'être rejeté. « J'aimerais me débarrasser tout de suite de cette appréhension qui m'empêche de parler aux femmes que je ne connais pas », pensez-vous alors. « Dès que je ne l'aurai plus, je draguerai tout ce qui bouge. »

Le problème de ce genre de raisonnement est qu'il vous programme pour l'échec. Le fait est que **nous sommes toujours effrayés lorsque nous découvrons une situation nouvelle, qui ne nous est pas familière.** C'est une réalité psychologique pour chaque être humain.

Le seul moyen de se débarrasser de cette peur est de faire quand même ce que vous voulez faire – ici, parler à des inconnues – en dépit de cette peur. Il faut vous forcer. Vous l'avez probablement déjà fait en sport, et bien c'est la même chose.

J'avais tellement peur de parler aux filles que ma vision se troublait. Je continuais à me mentir en me disant que j'aborderais une femme lorsque mes peurs se seraient envolées. J'ai attendu que ça arrive, et attendu encore.

Mes peurs n'ont jamais disparu. J'étais pétrifié, incapable de savoir pourquoi j'avais si peur de parler à des femmes. J'ai gâché de nombreux jours et de nombreuses nuits à attendre, de me sentir à l'aise et de ne plus être terrifié.

La vérité, c'est que, lorsqu'il s'agit de parler aux femmes, tous les hommes sont anxieux. Soyons honnêtes, se faire rejeter, ça craint. On a l'impression d'avoir pris un uppercut en plein ego.

Tout le monde a sa propre estime de soi, et chacun souhaiterait la garder à un niveau relativement élevé. Idéalement, votre estime de soi devrait venir de vous, et ne jamais dépendre de l'avis des autres.

Lorsque vous y arriverez, ce qu'une femme pourra bien penser de vous n'aura aucune espèce d'importance. Si elle vous apprécie, c'est génial, si elle ne vous aime pas, et alors ? Vous ne pouvez pas contrôler ce qu'elle pense.

Ne laissez pas l'opinion qu'a une femme de vous avoir trop d'importance. **Tout le monde** a peur devant une situation inconnue. C'est normal et naturel aussi. La peur ne disparaîtra que lorsque cette situation sera devenue familière.

Si vous ne surpassez pas vos peurs, vous serez extrêmement vulnérable et paranoïaque. Bien sûr, vous pouvez renoncer et n'aborder personne, de cette façon, personne ne vous rejettera jamais. Mais, vous serez également seul, vous resterez toujours un pauvre loser qui ne baise jamais.

Et voici la chute de l'histoire : nous avons tous un compagnon imaginaire qui nous suit tout au long de notre vie. Son nom est : La peur.

Si vous permettez à ce compagnon de prendre le contrôle de votre vie, alors, il vous rendra fou.

Mais la peur peut également être un compagnon fidèle. Alors que vous êtes sur le grand huit de la vie, pris dans un nombre infini de hauts et de bas vertigineux, la peur restera à vos côtés.

Elle ne vous gênera jamais vraiment, mais elle sera toujours là lorsque vous essayerez des choses nouvelles et excitantes.

Comment Se Débarrasser De Votre Peur

Pour éliminer la peur qui vous empêche d'aborder des femmes, il vous faut faire trois choses :

1. **Ne rien attendre.** Soyez amical simplement pour le fait d'être amical. Rien de plus.

2. **Bavarder avec des femmes.** Souvenez-vous bien que le seul moyen de surmonter vos peurs est de leur faire face. Plus vous le ferez, plus cela vous deviendra facile, votre attitude envers une situation négative, comme un rejet deviendra, « déjà vu ça, déjà fait aussi, rien à foutre. »

3. **Identifiez les pensées qui vous rendent nerveux.** Et éliminez-les.

La peur étant quelque chose de normal, tous les hommes se sentent anxieux à l'idée d'aller aborder des inconnues quand ils n'en ont pas l'habitude. Donc, comme je l'ai déjà dit, ne voyez pas vos peurs comme anormales, elles veulent dire que vous **tentez le coup.**

Ce qui sépare les mecs comme vous des autres, c'est **ce que vous faites de vos peurs.**

La plupart des hommes laissent la peur les paralyser... Et pas seulement en ce qui concerne les filles, mais aussi à propos de leurs carrières... Ce qui explique pourquoi, malheureusement, ces hommes-là ne rencontreront jamais le succès qu'ils désirent.[6]

La raison pour laquelle la plupart des hommes ne confrontent jamais leurs peurs c'est parce qu'ils se trompent sur leurs origines. Elles viennent de vous. Le problème est en vous,

---

[6] Je souhaite ici encore vous féliciter pour avoir choisi ce livre. Ce premier pas vers votre amélioration personnelle vous apportera automatiquement des récompenses et des satisfactions que vous n'auriez jamais pu obtenir sans l'avoir fait.

pas chez les femmes qui vous rejètent.

Alors, la prochaine fois que vous parlez à une femme que vous venez de rencontrer, n'en attendez rien. N'ayez aucun but.

J'ai tendance à être introverti, comme je l'ai expliqué précédemment. Pour vaincre ma timidité, je me suis forcé à aborder **tout le monde**, sans prêter attention à qui ils étaient. Je discutais avec des belles, des moches, des grosses, des vieux, des hommes, des enfants et des familles qui promenaient leurs chiens. Qui ils étaient n'avait pas d'importance. Je discutais avec eux de sujets variés, à l'exception de ceux liés à la drague.

Le résultat de tout ceci a été que je suis devenu très bon quand il s'agit d'aborder n'importe qui. Je n'avais plus peur, j'avais réussi à faire ce qui m'effrayait si souvent que cela ne me faisait plus rien.

Après ça, cependant, j'ai commis une erreur. Je me suis dit: « Si je suis si bon pour parler aux gens et que je suis devenu une personne ouverte aux autres, pourquoi perdrais-je mon temps à parler à des personnes qui ne sont pas de jolies femmes? »

Après tout, en tant que mâle dominant, pensais-je, je suis un homme de grande valeur et mon temps doit être réservé aux femmes que je trouve attirantes.

Alors, j'ai limité le nombre de personnes auxquelles je parlais… Et l'anxiété que je ressentais lorsque j'abordais des femmes inconnues est revenue. C'était comme si je ne m'étais jamais entraîné avec tous ces étrangers auparavant.

À ce moment-là, j'ai réalisé que j'étais trop **dépendant du résultat.** Comme je pensais déjà à coucher avec une femme avant même d'avoir ouvert la bouche pour dire « salut », je foirais à tous les coups. J'étais nul.

Lorsque vous en êtes là, voici un exercice que je veux que vous fassiez. À chaque fois que vous sortez, parlez à deux personnes (ou deux groupes de personnes). Mais faites-le juste à titre d'exercice, ne le faites pas sérieusement. N'essayez pas de draguer une fille lors de ces conversations.

Comme il s'agit simplement d'entraînement, ne vous limitez pas à parler a des femmes séduisantes. En fait, si vous cherchez des conversations faciles, il se trouve que les personnes âgées (hommes et femmes) et les femmes en surpoids sont les personnes qui vous répondront le plus facilement. Probablement car les personnes qui correspondent à ces caractéristiques ont tendance à être les plus seules.

Si cela peut vous aider, définissez une limite pour vos interactions d'entraînement. Par exemple, parlez à une personne pendant 30 secondes et retirez-vous ensuite de la conversation. (Dites : « Je suis attendu. Ça a été un plaisir de discuter avec vous. » Et allez-vous-en.)

Une fois que vous aurez effectué votre entraînement et que vous serez chaud, vous pourrez aborder une jolie fille. Une fois encore, même s'il est plutôt bien d'être excité en y allant, ne pensez pas à une éventuelle conclusion sexuelle.

Par exemple, si vous croisez une fille, dites simplement, comme si vous veniez d'y penser, « Hé, j'aurais besoin d'une opinion féminine sur quelque chose ». Posez-lui alors une question à propos de laquelle vous voulez vraiment avoir une opinion féminine.

Un ami m'a enseigné une technique à utiliser lorsque vous abordez quelqu'un : Racontez vous une blague avant d'aller parler à cette personne. Cela vous fera sourire et vous mettra de bonne humeur.

À un moment, vous aurez abordé tellement de femmes que les réponses négatives de leur part de vous dérangeront même plus. Vous direz : « Ah, super original... J'ai déjà eu droit plein de fois à cette remarque *intelligente*. »

Comme le dit Tyler Durden dans le film *Fight Club*, « laisse les jetons tomber où ils le veulent ». Arrêtez d'essayer de contrôler ce que pensent les filles.

Si vous n'avez aucun but en tête, vous vous en foutrez qu'elle vous réponde mal.

Parfois, il m'arrive de penser à tous les revers que j'ai subis, et d'en rire. J'ai abordé tant de femmes que, habituellement, un rejet m'ennuie, il peut aussi m'amuser, s'il est fait d'une manière encore jamais vue. Vous ne rencontrerez le succès avec les femmes que si vous ne vous mettez aucune pression.

Il n'existe pas d'explication génétique à la nervosité. Ce n'est pas un caractère de famille, ni une maladie que l'on peut attraper.

Toutes les sensations d'anxiété, de nervosité viennent de vous. Vous êtes passé par un certain cheminement de pensée, à la fin duquel vous ressentez ce que vous êtes censé ressentir.

Récemment je coachais un mec, James, qui m'a dit: « Je me rejetterais si j'étais une fille! »

Avec des pensées comme ça, il est évident qu'il ne pouvait pas avoir de succès avec les femmes! Il se programmait tout seul pour l'échec.

Voici comment cela fonctionne :

1. James s'imagine en train de se faire rejeter.

2. James se sent tendu, au lieu d'être décontracté et sexuel.[7]

---

[7] Pensez-y un peu, comment voulez-vous qu'une femme soit sexuelle

3.   James réfléchit trop à tout ce qui va se passer, et s'empêche d'avoir une conversation naturelle.

Ça c'est peut-être déjà passé de la même façon pour vous lorsque vous êtes nerveux en présence de femmes ? Ne vous sentez pas mal. Beaucoup d'hommes – même ceux qui sont considérés comme des « hommes à femmes » – ont vécu ça au moins une fois ou l'autre. Vous vous en remettrez. Tout comme ils l'ont fait.

Ce qu'il vous faut faire, une fois encore, pour arrêter d'être nerveux, c'est identifier les pensées négatives, et les éliminer.

Au lieu de penser : « Oh mon dieu, cette fille va m'envoyer chier parce que j'ai bégayé »... Pensez plutôt : » C'est génial d'être en train de parler à cette fille que je viens de croiser, parce que, même si elle me rejette, cela veut dire que je suis sur la bonne voie. »

Lorsque vous vous sentez nerveux, essayez de repérer les endroits de votre corps où vous vous sentez nerveux, et décontractez au maximum ces zones. Cela vous fera vous détendre automatiquement car, sur un plan neurologique, la nervosité suit souvent une tension musculaire (et pas le contraire comme on pourrait le penser).

Les tensions, chez moi, se localisent dans le visage et la mâchoire. Alors, lorsque je détends mes muscles faciaux, mon esprit comprend qu'il est l'heure de se relaxer et de ne plus être nerveux.

Il existe également une autre façon de réduire la nervosité qui implique un exercice de visualisation. Avant d'ouvrir la bouche pour parler à une femme, visualisez la situation comme si elle

---

et détendue si vous-même ne l'êtes pas?! Vous, en tant que male dominant, devez prendre les commandes. Cela veut dire qu'il vous faut être détendu et sexuel, pour qu'elle vous suive.

s'était déjà produite et qu'elle vous avait déjà rejeté.

De cette façon vous vous sentirez mieux car …

- Au moins vous **avez essayé,** tel un mâle dominant que ne cherche pas à s'excuser de ses désirs.

- À chaque rejet vous vous rapprochez un peu plus du succès.

- Chaque rejet améliore votre capacité à aborder quelqu'un, et vous désensibilise un peu plus à toute la démarche.

Alors, concentrez-vous sur ce que vous ressentirez après, et parlez-lui comme si elle vous avait déjà rejeté (et que vous en soyez content), au lieu d'être nerveux avant même d'avoir ouvert la bouche.

Ignorez Les Conseils Des Livres De Drague !

On ne sait jamais, votre peur du rejet n'est peut-être pas fondée. Elle a peut-être très envie que vous fassiez le premier pas.

C'est le genre de conseils que vous trouverez dans les guides type « La Drague pour les idiots » des librairies. Ignorez-les – ils sont pour les mâles dominés.

De tels conseils sont fondés sur l'idée que le rejet est quelque chose dont vous devez avoir peur. Au contraire, il s'agit de quelque chose qu'il faut fêter. Pourquoi, demandez-vous ? Parce que cela veut dire que vous y êtes allé et que vous avez tenté le coup !

Prenons un exemple : Vous partez à l'étranger pendant un an. Lorsque vous revenez, vous apprenez que l'équipe de foot du village de votre grand-mère est allée en finale de coupe de

France, et qu'ils ont perdu. Pensez-vous plutôt que vous seriez déçu, ou fier de savoir qu'ils sont allés aussi loin grâce à leurs tripes?
C'est exactement ce que je veux dire !

Et ne vous faites pas d'illusions – contrairement à ce que disent les bouquins de « Drague pour les idiots », vous vous **ferez rejeter,** et cela vous arrivera **souvent.**

Considérez donc vos interactions avec les femmes selon la règle des 80/20 des hommes d'affaires – comme lorsque 80% du profit vient de 20% des clients, alors 80% du plaisir que vous aurez avec les femmes viendra de 20% de celles que vous aborderez.

Les business les plus profitables sont ceux qui se concentrent sur les 20% de bons et très bons clients. Ça ne pose aucun problème de ne pas s'occuper des 80% restants, voire même de les laisser partir à la concurrence.

Il devrait en être de même avec les femmes. Ne pensez même pas à celles dont vous ne pouvez tirer aucun plaisir. Laissez les autres mecs s'en occuper.

Mais, Et Si Une Femme Vous Rejette Et Que Ça Fait Vraiment Mal ?

Qu'importe la façon dont vous vous serez fait rejeté, ne laissez pas ce revers affecter votre réalité. Il n'y a aucune raison de vous sentir mal. Rappelez-vous, vos désirs charnels sont totalement normaux et naturels. Un mâle dominant n'a jamais honte de son appétit sexuel. Au contraire, si vous devez ressentir quelque chose, que cela soit la **fierté** d'avoir tenté votre chance.

Je sais que les rejets peuvent faire mal parfois. J'ai même connu certains échecs qui furent absolument **horribles** par le passé. Une fille m'a hurlé : « Dégage ! » Et ce, avant même d'avoir pu lui dire quoi que se soit.

Une autre fois, une fille s'est arrangée pour qu'un autre mec essaie de déclencher une bagarre avec moi, simplement parce que j'avais essayé de lui parler. J'ai réussi à partir avant que cela ne dégénère avec le mec en question, mais je me suis vraiment senti con après ça.

Vous ne pouvez rien faire pour éviter tous les rejets, si vous êtes sur le terrain et que vous abordez des filles, ça **arrivera**. Mais, dans la plupart des cas, comme je l'ai expliqué, il y a quelque chose de **positif** à en retirer.

Mais, dans les cas où un rejet est si terrible qu'il vous retourne le cœur lorsque vous y pensez, la meilleure chose à faire est de réussir à oublier cet épisode.

C'est ce que je fais, et cela fonctionne pour moi. En fait, j'ai probablement connu des rejets bien pires que ceux que je vous ai racontés, mais leurs souvenirs ont pratiquement disparu de ma mémoire. je vais maintenant vous expliquer comment faire cela grâce à un exercice.

j'ai appris cet exercice d'effacement de souvenir de Tony Robbins. Il est basé sur des principes de visualisation mentale de Programmation Neuro-Linguistique, une forme d'hypnose. Voici ce qu'il vous faut faire :

1. Fabriquez dans votre esprit une image de cette horrible rejet.

2. Faites-la aussi grande que possible et imaginez-la tout prés de vous. Vous ressentez même la brûlure de ce rejet. Il faut que vous le ressentiez fortement.

3. Maintenant commencez à imaginer que cette image s'éloigne de vous.

4. Alors que vous la repoussez loin de vous, les couleurs disparaissent, ne reste que le noir et blanc.

5. Continuez à repousser l'image loin de vous, jusqu'à ce qu'elle ait la taille d'un grain de poussière.

6. À présent, cette petite image en noir et blanc commence à palpiter au son d'une musique de cirque.

7. Alors que cette image, maintenant minuscule, danse en rythme avec la musique de fête foraine, vous la repoussez tellement loin qu'elle fini par aller brûler dans le soleil.

Ce souvenir n'est plus si gênant à présent, n'est-ce pas ?

CHAPITRE 16 : Pourquoi Vous Améliorer ?

Être déterminé à vous améliorer et faire de véritables efforts dans ce sens peuvent avoir des effets bénéfiques durables et ce, quel qu'en soit le résultat. Prenons mon propre exemple : Je suis, encore aujourd'hui, parfois plus introverti que je ne le souhaiterais. Cependant, dans l'ensemble, je suis beaucoup plus doué, socialement parlant, que ce que je ne l'étais par le passé. Je ne suis pas encore satisfait de moi à 100%, mais je suis déjà vachement mieux que ce que j'étais avant.

Alors, rappelez-vous ceci : **même si vous avez l'impression de faire de gros efforts, et que vous n'arrivez quand même pas à grand chose, vous serez de toute manière un homme plus heureux et confiant que ce que vous auriez été si vous n'aviez jamais rien tenté**

CHAPITRE 17 : Utiliser Le Langage Corporel D'un Mâle Dominant

Observez des hommes d'un statut élevé – Brad Pitt, George Clooney, ou un PDG millionnaire – et vous remarquerez qu'ils ne se déplacent pas de la même manière que nous. Ils transmettent des vibrations de confiance, de séduction, et grâce à ça, les femmes mouillent rien qu'en les voyant.

Vous aussi, vous pouvez vous créer une telle aura qui vous rendra attirant aux yeux des femmes.

Vous avez déjà remarqué l'air qu'ont vos amis lorsqu'ils ne se sentent pas bien ? Ils ont la tête basse, les bras croisés, ils sont avachis, et bien d'autres comportements classiques des mâles dominés.

Maintenant, pensez aux hommes qui ont du succès. Ils sont submergés par les femmes et ont un langage corporel sans faute.

Voici quelques indications pour améliorer votre langage corporel. (Et, au fait, si vous pensez que c'est facile… Vous avez raison. Vous pouvez faire ces changements dès **ce soir** et même les plus jolies filles réclameront votre attention) :

1) **Détendez-vous.** C'est la chose la plus importante qui soit.

   a) **Ne vous autorisez pas à avoir l'air préoccupé.**

   Oubliez vos problèmes, vous ne résoudrez rien en vous faisant du souci de toute façon. Alors, laissez tomber, et arrêtez de penser à ce qui *pourrait* mal se passer. Vivez simplement votre vie.

   Je sais que ce que je suis en train de dire est plus facile à dire qu'à faire (pour utiliser un vieux – bien que pertinent ici – cliché). Vous avez passé votre vie jusqu'à aujourd'hui à ressasser des pensées qui vous faisaient vous faire du souci.

   Mais quelle est cette émotion que l'on appelle « souci » ? Si l'on y pense vraiment, il s'agit simplement de la peur de ce qui pourrait arriver dans le futur. En vérité, vous êtes déjà en train de vous punir en vous inquiétant **avant même** que quoi que ce soit de mal soit arrivé. Les soucis n'ont aucun sens logique !

   Alors, la solution est d'éviter à présent de se perdre dans ces pensées angoissantes. Identifiez ce qu'elles sont – toxiques pour votre état émotionnel – et débarrassez-vous-en.

   Le simple fait de ne pas s'attarder sur les choses négatives qui vous inquiètent réduiront vos soucis de 90%.

   b) **Respirez avec votre abdomen plutôt qu'avec votre poitrine.**

   Lorsque vous respirez, imaginez qu'il vous faille amener l'air dans votre estomac. Forcez votre ventre à se gonfler et se dégonfler alors que vous respirez.

c) Évitez les comportements non-verbaux qui vont à l'encontre de la relaxation

- Lever les épaules.
- Plisser votre front.
- Remuer sans arrêt vos mains et/ou vos jambes.
- Avoir les muscles du visage tendus.

d) Détendez tous vos muscles et ralentissez légèrement tous vos mouvements.

Les mâles dominants se déplacent généralement en douceur, comme s'ils contrôlaient le temps lui-même. Les dominés, eux, sont nerveux et ont des mouvements saccadés. Imaginez que vous êtes en train de marcher dans une piscine, vos mouvements seront lents et fluides.

e) Relaxez vos yeux et vos paupières.

Les mâles dominés gardent leurs yeux grand ouverts car ils sont trop nerveux. Leur regard balaie la pièce dans tous les sens sans arrêt. Au contraire, il vous faut laisser aller vos paupières. Regardez droit devant vous. Ne faites attention qu'aux choses qui vous intéressent vraiment. Vous pouvez même, à ce moment-là, vous dire l'affirmation : « Je suis sexuel, je suis détendu et je suis en totale maîtrise ».

f) Si quelqu'un demande votre attention, bougez votre tête lentement.

Une caractéristique commune à beaucoup de mâles dominés est qu'ils veulent tellement plaire que, lorsque quelqu'un les appelle, ils tournent leurs têtes vers cette personne anormalement vite.

2) Ressentez-vous comme quelqu'un de viril et de puissant.

Visualisez-vous comme un homme viril. Faites des choses qui vous fassent vous sentir comme tel, soulevez de la fonte, entraînez-vous au punching-ball. Prenez soin de vous.

3) Réalisez que vous êtes un homme de grande valeur.

Concentrez-vous sur vos qualités et ignorez vos défauts. Pour devenir totalement confiant, dites-vous des choses comme : « C'est moi le boss. »

Ça a l'air arrogant ? Considérez-le comme une thérapie pour surpasser votre manque de confiance en vous. Évidemment, à un moment, lorsque vous **saurez** que vous êtes super, il vous faudra modérer ça (pour ne pas passer pour un gros con arrogant), mais d'ici là, pensez constamment que vous êtes génial.

Traitez les gens comme s'ils étaient déjà en adoration devant vous avant même de vous avoir rencontré. S'il le faut, imaginez par exemple que vous êtes Elvis Presley, que vous êtes le King !

4) Soyez bien dans votre peau.

Un mâle dominant est heureux avec ou sans femme, car il les considère comme une source d'amusement dans sa vie – ni plus ni moins. Gardez à l'esprit que, bien sûr les femmes vous veulent, mais que tout ça n'a pas grande importance de toute façon. (Vous pouvez faire de cette phrase une de vos affirmations personnelles, comme expliqué précédemment.)

5) Ouvrez votre corps et votre posture.

Occupez l'espace avec vos bras, vos jambes et votre torse. Maintenez votre cou et votre dos alignés, cela vous aidera à garder la tête haute.

(Ce qui m'a personnellement aidé à maintenir mon cou droit a été d'enlever le coussin de mon lit. Après tout, comment notre cou pourrait-il être droit si nous le tordons 8 heures par nuit ?)

CHAPITRE 18 : 7 Étapes pour Créer les Conditions pour Baiser Plus – Dès Maintenant !

Ce que les Femmes Trouvent Attirant chez les Hommes... et Pourquoi

Ok, je vais enfin vous expliquer comment draguer les femmes et les amener dans votre lit, mais avant ça, je dois vous expliquer comment nous fonctionnons, nous les hommes. Sérieusement.

En définitive, il y a deux catégories de mecs : ceux qui baisent, et ceux qui ne baisent pas.

Vu que vous êtes en train de lire ce livre, il y a des chances que vous vous trouviez dans la deuxième catégorie. Ça n'est pas grave, parce qu'en lisant ce livre et en **appliquant ce que vous en aurez appris,** vous changerez de catégorie. Cela ne fait absolument aucun doute dans mon esprit.

Grâce à ce que vous avez lu jusqu'ici, il devrait être clair, pour vous maintenant, que pour devenir un de ces mecs qui baisent, vous devez avoir des qualités qui augmenteront les possibilités que les femmes vous trouvent attirant.

Pour comprendre ce que les femmes trouvent attirant chez les hommes, il vous faut comprendre la biologie et l'évolution humaines. Les hommes sont excités par les femmes qui leurs semblent jeunes et fertiles. Les femmes sont à l'apogée de leur fertilité aux alentours de 25 ans, après cela, la possibilité d'avoir des enfants décroît régulièrement pendant environ 20 ans, jusqu'à la ménopause.

Les hommes, de leur côté, restent fertiles toute leur vie ou presque. En conséquence, les femmes sont beaucoup moins intéressées par l'âge d'un homme ou son aspect juvénile. Ce que les femmes recherchent, au contraire, c'est un statut élevé, elles recherchent un mâle dominant.

Du point de vue de la biologie et de l'instinct, les femmes veulent avoir des rapports sexuels avec un mâle dominant. Donc, en présentant des caractéristiques de dominance, un homme peut déclencher le désir sexuel biologique d'une femme.

Le désir n'est pas un choix qu'une femme fait de manière consciente. Il s'agit plus d'une réponse biologique à vos qualités… Tout comme votre désir pour une superbe mannequin est une réaction biologique sur laquelle vous n'avez pas grand pouvoir.

Système de Séduction en 7 Étapes

Je vais maintenant vous expliquer mon programme de séduction en 7 étapes qui vous permettra de passer de dire « bonjour » à une inconnue… à partager des orgasmes avec elle… en une seule soirée.

1) Vous croisez une femme dans la rue et avez avec elle une conversation rapide, et neutre.

2) À la fin de cette première conversation, soit vous l'emmènerez boire un verre immédiatement, dans le but de coucher avec elle le soir même (ou, si ça n'est pas possible, conviendrez d'un rendez-vous plus tard) ou cet échange se conclura par votre rejet – et ça ne posera aucun problème.

3) Avant ce premier rendez-vous, vous devez avoir à l'esprit que vous allez d'abord connaître cette femme avant de coucher avec elle. Parlez de choses neutres, et amusez-vous.

4) Lors du rendez-vous, vous vous sentirez très détendu et sexuellement excité. Alors que vous passerez tous deux un bon moment, elle aussi commencera à se sentir de plus en plus détendue et excitée. Cela arrivera car, lorsque deux personnes sont ensemble, leurs émotions se calquent les unes sur les autres.

5) Lorsqu'elle sera de plus en plus excitée, il vous faudra la toucher de plus en plus, commencez par ses doigts, puis sa main, pour passer ensuite à son avant-bras, son bras et puis le haut de son dos.

6) Lorsque le moment vous semblera propice, suggérez de vous retrouver tous les deux seuls, pour une raison neutre, comme écouter un CD par exemple.

7) Lorsque vous vous retrouverez tous seuls, amenez votre interaction vers le sexe, en laissant faire la nature.

Rien de tout ça n'est très compliqué, et nous étudierons chacune de ses 7 étapes en détail très prochainement.

Soyez Persistant

Lors d'une interaction avec une femme, il est vital que vous preniez les commandes. Votre **volonté et** votre **désir** de coucher avec elle doivent être très forts. Le manque d'un désir sexuel fort peut vous amener à renoncer si elle se montre difficile. (De plus, il est important pour vous d'être excité si vous voulez qu'elle le soit aussi !)

Parlez avec elle pendant aussi longtemps que vous le pouvez. S'il le faut, attendez plutôt qu'elle vous rejette directement au lieu de partir de vous-même. Je ne compte plus les fois où je suis resté, et suis arrivé à mes fins, alors que la conversation semblait très mal engagée.

Le même conseil est valable lorsque vous êtes tous les deux seuls chez vous. Vous **devez** persister et faire tomber sa feinte résistance, ou vous vous retrouverez, au mieux, à dormir dans les bras l'un de l'autre.

L'idée ici est de tout faire pour, soit coucher avec elle, soit vous faire rejeter. Ne fuyez pas devant votre tâche. La fuite est un comportement de dominés qui cherchent à éviter de se faire rejeter.

Vous vous ferez beaucoup rejeter, mais ça n'est pas grave. Un rejet de la part d'une femme est en fait une victoire. Il signifie que vous avez osé tenter votre chance avec elle.

En tant que mâle dominant, vous avez la force de faire tout ce que vous voulez dans votre vie. Si vous voulez baiser, alors vous persisterez avec les femmes qui vous attirent, n'est-ce pas ? Très bien ! Alors, rappelez-vous : votre but, avec les femmes que vous désirez, c'est d'arriver, soit à coucher avec elle, soit à ce qu'elles vous rejettent.

L'Approche

Je vais à présent vous confier un de mes secrets. La femme de vos rêves ne viendra jamais frapper à votre porte, jamais.

Ça a l'air évident, mais malheureusement, de nombreux hommes vivent comme si cela allait vraiment leur arriver. Ils ne sortent jamais, ne parlent jamais à des femmes. Ils pensent par contre, que s'ils travaillent dur et qu'ils gagnent beaucoup d'argent, un jour, le destin leur fera rencontrer la femme de leurs rêves, comme par magie.

Cette description vous ressemble ? N'ayez pas honte ; moi aussi j'étais comme ça.

La règle numéro 1 est que vous, l'homme, devez faire l'effort de faire le premier pas. Vous devez sortir et vous prendre en main. Aucune femme ne viendra chez vous d'elle-même.

Étant donné qu'elles représentent la moitié de la population, on peut rencontrer des femmes partout. Les règles sont cependant différentes en fonction du lieu, il vous faudra donc vous adapter.

Où Rencontrer des Femmes

Dans la vie quotidienne –

C'est mon terrain de chasse favori. On peut rencontrer des femmes seules dans les magasins de vêtements, les librairies, les cafés, les universités, les laveries, les épiceries, les grands magasins, et les banques, pour n'en citer que quelques-uns.

Vous avez plus de chance de rencontrer le succès si vous abordez une femme qui est **toute seule,** plutôt qu'avec des amies, des collègues, etc.

Ceci s'explique principalement car les femmes qui ne sont pas seules auront peur que les autres les prennent pour des salopes. Rappelez-vous, la plupart du temps, les femmes accordent une grande importance à l'opinion des autres.

Une autre raison d'éviter les femmes en groupe est qu'une autre personne vous interrompra, l'emmènera avec elle et vous empêchera de coucher avec elle. Ça ne vous est jamais arrivé qu'une copine surgisse de nulle part en disant, « Allez, on doit y aller, » et l'emmène loin de vous ? Jamais ?

Lorsqu'une femme se retrouve seule, elle agit différemment que lorsqu'elle est avec d'autres personnes. Même la plus socialement extravertie des femmes aura une conversation normale si elle se retrouve seule avec vous et n'a pas à divertir tout un groupe de personnes.

Internet –

La drague sur Internet peut être une très bonne opportunité pour vous étant donné que la plupart des dragueurs expérimentés n'aiment pas ce procédé. Vous ne serez donc pas en compétition avec eux. L'avantage d'Internet est que c'est un moyen facile de rencontrer des femmes. Vous n'avez pas à les aborder dans la rue, un rejet ne sera que des mots sur votre écran, et vous pourrez plus rapidement passer au contact en face à face qui vous conduira au sexe.

Les femmes que l'on trouve online ont en général tendance à être plus âgées que l'étudiante moyenne et ont rarement moins de 24 ans. (les filles de 18 à 25 ans ont tellement de mecs autour d'elles dans la vraie vie que peu d'entre elles se tournent vers Internet.)

Avec les femmes que vous rencontrerez online, essayez de convenir d'un rendez-vous aussi rapidement que possible. Ne perdez pas trop de temps à vous envoyer des messages ou à chatter. Les appels téléphoniques doivent être aussi courts que possible, car on ne baise pas au téléphone.

Pour éviter de perdre votre temps avec un gros thon, insistez pour voir des photos !

Vous pouvez décemment penser qu'une femme est attirée par vous si elle accepte de vous rencontrer, étant donné qu'elle vous a déjà évalué en termes de personnalité et d'apparence. Lorsque vous vous rencontrez, le processus pour arriver à coucher avec elle est des plus simples. Vous serez seul avec elle et elle vous apprécie déjà, tout ce qu'il vous reste a faire s'est attendre qu'elle se sente assez à l'aise et en sécurité avec vous et il vous suffira alors d'aller chez vous (ou préférablement chez elle) pour faire l'amour.

L'avantage principal des rencontres sur Internet est qu'il s'agit d'un **moyen très simple pour coucher avec des filles.** Non, vous ne rencontrerez probablement pas votre future femme par ce moyen, mais ça n'est pas ça l'important de toute façon. Si vous n'avez aucune vie sexuelle en ce moment et que vous voulez changer ça, alors, tentez l'expérience des rencontres par Internet. Voyez-vous, lorsqu'un homme a une vie sexuelle il est dix fois plus attirant pour les femmes que s'il n'en a pas.

Certains sites comptent plus de femmes que d'hommes parmi leurs membres, ceci est souvent dû à un « test de personnalité » très long que la plupart des mecs n'ont pas la patience de remplir.

Sur ces sites, vous serez mis en contact avec des femmes dont les réponses aux test de personnalité correspondent aux vôtres. Alors, plutôt que de répondre honnêtement à ces tests, gardez ceci en tête et adaptez vos réponses.

(En d'autres termes, si, par exemple, vous recherchez une femme tranquille et calme, répondez aux questions du test comme si vous étiez quelqu'un de calme. Si vous recherchez une femme plus extravertie et avenante, adaptez également vos réponses en fonction de cela.)

Vous devez être prêt à envisager les rencontres en ligne comme une question de quantité. Même mes amis les plus beaux ne rencontrent que 5 à 10 % des femmes que leur proposent les sites.

J'en suis à peu près à 10%, pas grâce à mon apparence, mais parce que j'ai tellement perfectionné ma méthode que maintenant, lorsque j'aborde une fille sur un site de rencontres, ce que je lui dit ressemble à un discours de marketing direct hyper ciblé.

Cela nous amène à un point : faites des tests, des tests, et encore des tests !

Vous remarquerez que, sur la plupart des questions, vous recevrez plus de contacts si vous tapez une réponse qui vous est propre, plutôt que si vous choisissez une réponse parmi celles qu'on vous propose.

Essayez d'être drôle ou spirituel dans vos réponses. Ne soyez sérieux qu'avec peu de vos réponses. Ne soyez jamais négatif et ne vous dépréciez pas. Rappelez-vous, vous êtes un publicitaire qui essaie de vendre son produit (vous).

Faites de même avec votre profil. Où trouver une bonne source d'idées pour le remplir ? Les profils de femmes ! Trouvez des phrases accrocheuses et drôles, et utilisez-les dans votre profil, en changeant quelques mots ici et là pour vous les approprier. Sournois, mais efficace.

Expérimentez avec différentes photos. La plupart des sites de rencontres vous autorisent à poster plusieurs photos de vous, profitez-en.

N'ayez pas peur de poster des photos un peu audacieuses, évitez les photos classiques, sourires toutes dents dehors, qui vous donne l'air d'un mec quelconque parmi d'autres. Utilisez des photos où l'on vous voit en action, ou en train de vous détendre.

Certains sites fonctionnent différemment, en effet, vous pourrez tout de suite contacter d'autres membres sans passer par la case « questionnaire à remplir ». Cependant, il vous faut garder à l'esprit que la fille classique reçoit des dizaines de messages par jour sur ce type de sites (plus encore si elle est jolie). Votre message ET votre profil doivent sortir du lot. Sur la plupart de ces sites, vous n'aurez pas (ou peu) de restrictions de texte pour remplir votre profil, je vous conseille d'en tirer profit autant que possible. Écrivez un argumentaire de vente convaincant et n'hésitez pas à le faire aussi long que nécessaire. Lorsqu'une femme atterrit sur votre profil, c'est parce que vous avez obtenu son attention avec votre message et votre photo, alors, soyez assuré qu'elle lira tout ce qui se trouve sur cette page jusqu'au dernier mot.

Voici une liste de sites de rencontres assez populaires:

- meetic.fr
- netclub.fr
- fr.match.com
- fr.amoureux.com
- easyrencontre.com

Le Speed Dating –

C'est une pratique qui devient de plus en plus populaire dans les zones urbaines. Voici comment cela fonctionne : environ 20 hommes et femmes célibataires se rencontrent en face-à-face pour des entretiens de 5 minutes. Toutes les 5 minutes, vous changez de table, et de fille.

J'ai rencontré beaucoup de partenaires sexuelles dans les soirées speed dating, alors je recommande chaudement cette possibilité de rencontrer des femmes. Pour certaines raisons, ce type de soirée semble être plus populaire auprès des femmes que des hommes. Utilisez cela à votre avantage. De plus, comme pour les rencontres par Internet, les vrais tombeurs évitent le speed dating, vous n'aurez donc pas trop de compétition. (La plupart des autres mecs seront des nazes.)

Lors de vos conversations, ne soyez pas trop descriptif lorsque vous répondez à la question classique: « Qu'est-ce que tu fais dans la vie » ? Restez évasif et divertissant, sauf si vous faites un métier incroyablement cool.

Je conseille vivement le speed dating aux gars qui :

a) Ont du mal à approcher des femmes. Au speed dating, vous êtes obligés.

b) Prennent leurs interactions avec les femmes trop au sérieux et s'en rendent trop nerveux. Lorsque vous avez des conversations de 5 minutes, avec 10 femmes à la suite, pendant deux heures, vous devenez rapidement insensibles à ce que chacune peut bien penser de vous. Au contraire, vous comprendrez enfin ce que c'est la drague – Une histoire de quantité et de nombre et quelque chose qui n'est ni compliqué ni important en définitive.

Avec le speed dating, il vaut mieux être celui qui évalue les filles plutôt que le contraire. Alors, n'ayez pas l'impression que vous avez quoi que ce soit à leur prouver. Rappelez-vous qu'elles sont là par ce qu'elles veulent rencontrer quelqu'un ! Le speed dating c'est un jeu complètement différent, c'est vous, le gars, qui évaluez les singes qui viennent danser devant vous, contrairement aux boites de nuit par exemple.

Parlez de tout ce que vous voulez avec elles. Laissez-les, elles, essayer de vous impressionner et de vous convaincre. Détendez-vous et ne vous inquiétez pas. Ne vous occupez que d'éliminer les femmes qui ne vous conviennent pas. Gardez simplement un état d'esprit de quelqu'un de grande valeur. Parlez de choses qui vous intéressent, et à propos desquelles une fille puisse avoir quelque chose à dire. (Par exemple, une fille ne connaîtra pas forcément grand chose en sport, mais elle en aura certainement à vous apprendre à propos de décoration d'intérieur ou de télé-réalité.)

Vous trouverez le même genre de femmes dans les soirées speed dating que sur les sites de rencontres – c'est-à-dire 25 ans et plus, un tantinet désespérées. Baiser après un speed dating ? Les doigts dans le nez !

Les Mariages –

Vous avez déjà vu le film *Serial Noceurs* ? Il n'est pas loin de la vérité. Les femmes célibataires se rendent dans les mariages en pensant pouvoir y rencontrer quelqu'un. Essayez de vous mêler à la foule et évitez de vous bourrer la gueule. Vous avez un sujet tout trouvé pour lancer la conversation : D'où vous connaissez le marié ou la mariée. Racontez des histoires drôles ou intéressantes à propos de celui que vous connaissez.

Au Travail –

De nombreuses relations ont démarré sur le lieu de travail. En fait, c'est l'un des lieux favoris des êtres humains pour tomber amoureux. Ils sont en contact tous les jours, pendant des heures, dans des conditions qui demandent parfois de relever des défis, de la coopération, de la confiance. (Les psychologues ont même conclu que la réunion de ces conditions était propice à l'amour.)

Le problème de draguer une femme sur votre lieu de travail est qu'il vous faut y aller en douceur, il ne vous faut surtout pas y aller trop fort et vous retrouver attaqué pour harcèlement et y perdre votre emploi. La meilleure façon de gérer une aventure potentielle au boulot est de s'arranger pour que ça soit elle qui vienne à vous. En d'autres termes, ne faites pas trop d'efforts pour rencontrer des femmes au boulot, mais restez réceptifs à leurs appels.

Dans la Rue –

Vous avez un chien ? Promenez-le souvent dans des endroits où il y a des femmes. J'avais l'habitude d'emmener mon lévrier au parc et d'engager facilement des conversations grâce à mon chien. Gardez votre priorité, le sexe, en tête, car il vous faudra changer de sujet et votre excitation sexuelle vous aidera à penser à autre chose qu'à votre chien.

Prenez le numéro de téléphone des femmes que vous rencontrez et appelez-les plus tard. Étant donné que vous avez votre chien avec vous, vous ne pouvez pas vraiment les emmener tout de suite prendre un verre. Le désavantage de cette technique est donc qu'il vous sera difficile de baiser le jour même. Mais elle est très efficace pour récupérer des numéros de téléphone.

Et au fait, lors du rendez-vous avec une fille rencontrée de cette façon, l'excuse parfaite pour la ramener chez vous sera de venir « voir votre chien ».

Le chien parfait pour cette méthode est un chien qui aime à la fois les gens et les autres animaux. Les bâtards de labradors sont généralement plutôt bons pour ça. Allez au refuge le plus proche de chez vous et vous trouverez un grand nombre de candidats parmi lesquels choisir. Contrairement aux chiens achetés chez un éleveur, ceux-ci ne sont vraiment pas chers, et en plus, vous leur sauvez la vie.

En ce moment, j'ai une chienne moitié labrador moitié basset qui fait la fête à tous les humains qu'elle croise. C'est une méthode très facile pour démarrer une conversation avec une inconnue dans la rue, la plupart des femmes fondent littéralement devant tout chien gentil et mignon. Je considère mon chien comme une arme secrète, avec lui, c'est tellement facile de draguer dans la rue que ça n'est même plus drôle.

Les Bars et Boîtes de Nuit –

Bien sûr, les jolies filles se trouvent en grande concentration dans les lieux de nuits. Mais il y a également tant de désavantages à ces endroits, qu'il peut devenir difficile d'y draguer des filles. Ayant moi-même testé la drague de nuit et la drague de jour, je préfère de loin la deuxième.

Le problème est qu'en boîtes de nuit, chaque fille s'est déjà fait accoster par un certain nombre de mecs bourrés, elles sont donc sur la défensive – vraiiiiiiment sur la défensive.

Pour ne rien arranger, la plupart des filles qui vont en boîtes y vont juste pour danser et s'amuser avec leurs amis, par pour rencontrer quelqu'un. (Ça ne veut pas dire que cela ne les intéresse pas, ça n'est juste pas pour ça qu'elles sont là.) Un très bon ami à moi dit des femmes en boîtes de nuit qu'elles lui font penser à « des abruties qui auraient un trouble de l'attention », ça n'est pas loin de la vérité.

Pratiquement aucune femme ne va en boîte toute seule, alors même si vous entamez une conversation avec une fille, il vous faudra vous arranger avec ses amis qui essayeront de l'éloigner de vous. Et entre les copains jaloux et les autres dragueurs, il vous faudra être prêt à faire face à une très forte compétition.

En boîtes, vous devez vous préparer à faire face à des comportements que vous ne verrez jamais pendant la journée. Etant donné que les gens sont soit bourrés, soit qu'ils ont été entourés de gens bourrés toute la soirée, ils ont tendance à être moins gentils, plus désagréables et plus agressifs.

Si vous voulez avoir du succès en boîte, évitez de vous bourrer la gueule et/ou d'être impliqué dans des bagarres. Les deux déplaisent fortement aux femmes, sans oublier les dégâts sur votre santé !

Habillez-vous d'une manière un peu plus voyante que les autres (mais pas trop non plus), et faites-vous accompagner d'un partenaire qui s'occupera de la copine si vous accostez un groupe de deux filles. (Si vous abordez trois filles, il vous faudra deux partenaires, ou un seul **très** doué.)

Il peut s'avérer très difficile de séparer une fille de ses amies, surtout si elle est jeune. Il me faut donc encore insister sur l'idée d'avoir un partenaire pour occuper chacune de ses amies.

Si chacune des filles du groupe a rencontré un mec avec qui elle se sent bien, elles pourront envisager de se séparer. Sinon, laissez tomber – Vous n'arriverez pas à les séparer, elles ont toutes un portable et pourront se retrouver facilement.

C'est important d'essayer de coucher avec elle le soir même de votre rencontre. Il sera bien plus difficile pour vous de la revoir dans les jours qui suivent.

En effet, malgré tout votre charme, chaque femme aura tendance à rationaliser en se disant qu'elle avait bu, qu'elle ne vous connaît pas du tout et vous associera aux lumières et aux bruits de la boîte.

Les boîtes sont des situations qui semblent fausses, préfabriquées. Essayez plutôt de la **faire sortir,** de l'emmener dans un endroit plus calme et détendu.

Idéalement, il vous faut le faire le plus rapidement possible (sauf si vous voulez rentrer vous branler chez vous, bourré). Mais, étant donné qu'elle voudra passer du temps avec vous dans un lieu public avant d'envisager d'aller quelque part seule avec vous, je vous conseille de suggérer un changement d'endroit dès que vous sentirez qu'elle vous est réceptive.

Dites quelque chose comme, « je mangerais bien un sandwich au kebab d'en face, ils font les meilleurs du monde ! Allons-y et nous pourrons y discuter plus tranquillement ».

Souvenez-vous que les filles qui sont en boîte sont en « mode fête », alors si vous devez faire une suggestion pour quitter la boîte, il faut qu'elle ait l'air d'être aussi amusante et excitante que la boîte, émotionnellement parlant.

Une fois que vous lui avez fait quitter la boîte pour aller manger un morceau (ou autre chose), faites comme s'il s'agissait d'un rendez-vous. Essayez de vous arranger pour que vous vous détendiez tous les deux. (Rappelez-vous, pour qu'une fille ait des envies de sexe, elle doit être détendue, à l'aise, et se sentir en sécurité avec vous.)

Et n'embrassez pas une fille dans la boîte, même si c'est tentant ! Tenez lui la main et/ou dansez avec elle, c'est tout. Évitez qu'une fille se comporte en public d'une façon qui puisse lui faire penser plus tard « qu'elle a un peu fait la salope ».

Une fois seul avec elle, embrassez-la autant que vous voulez, évitez simplement que d'autres gens puissent vous voir et la faire se sentir comme étant une salope.

Évitez de danser. Draguer une fille sur la piste de danse est une perte de temps. Il est mieux pour vous de rester dans des coins tranquilles et d'y aborder les filles qui y passent.

Parfois, cependant, vous n'aurez d'autre choix que celui de danser. Lorsque la femme avec qui vous êtes vous dit : « Allons danser ! », et ne vous laisse aucune autre alternative. La bonne nouvelle c'est que danser en boîte est beaucoup plus simple que vous ne le pensez. 90% de ce dont vous aurez besoin vient de :

1. Ne pas vous inquiéter de ce dont vous avez l'air.
2. Bouger en rythme avec la musique.

Pour y arriver, croyez-le ou pas, il vous suffit de prendre quelques cours de danse de salon. Vous y apprendrez des danses lentes et simples, comme le fox-trot, et à partir de là, danser en boîte sera une partie de plaisir pour vous. Vous serez confiant lorsque vous danserez et vous pourrez aisément garder le rythme sur la musique – même si, en l'occurrence, le rythme sera plus élevé et vos mouvements improvisés. (Personne ou presque sur la piste de danse des boîtes n'a pris de cours de danses dans sa vie.)

Les boîtes peuvent vous rendre accro. J'avais l'habitude d'y aller 4 fois par semaine, pour y rencontrer des femmes. J'étais debout jusqu'à 3h du mat – parfois plus lorsque je rentrais avec une fille.

En plus du manque de sommeil, j'ai inhalé beaucoup de fumée de cigarette et perdu de la sensibilité auditive à cause de la musique trop forte. Sans oublier les maux de tête du lendemain !

J'ai aussi découvert que mon genre de femme – intelligente et spirituelle, et qui a plus à offrir que sa beauté – va rarement en boîte.

Alors, dans l'ensemble, si je considère les désavantages des boîtes de nuit et la facilité avec laquelle on peut draguer une fille qui se promène seule pendant la journée, je dois vous conseiller d'éviter les boîtes de nuit.

Happy Hours –

Voici l'exception à mon conseil d'éviter les bars et les boîtes pour aller draguer. Un bar pendant l'happy hour est totalement différent du même endroit à minuit.

Habituellement l'happy hour est un moment détendu et tranquille, les gens qui y participent sont fatigués après une longue journée de travail. Les femmes que l'ont y rencontrent sont là pour se détendre et se déstresser. Elles ont tendance à être plus ouvertes socialement que pendant la nuit.

Si vous êtes relativement âgé, l'happy hour vous permettra également de rencontrer des femmes qui se situent plus dans votre tranche d'âge. Les femmes qui ne veulent plus danser jusqu'à 2h du mat parce qu'elles travaillent ou ont cours le lendemain matin.

L'happy hour a aussi cet avantage qu'elle se situe un peu avant l'heure du dîner. Si vous vous entendez vraiment avec une femme vous pourrez facilement lui dire « Vous savez quoi ? Je voudrais bien manger un morceau maintenant. Allons donc dans ce super restau que j'ai découvert la semaine dernière ».

Les Fêtes Privées –

Ce genre de fête peut être génial. On y trouve de nombreuses similitudes avec les boîtes de nuit, excepté pour deux avantages essentiels :

1) Tout le monde a été pré-sélectionné (il faut être l'ami de quelqu'un pour avoir été invité), alors les filles sont, en général, assez rassurées.

2) Grâce aux voisins, la musique ne peut pas être trop forte. Vous pouvez ainsi avoir une conversation avec la fille avec laquelle vous voulez coucher ce soir.

En dépit des avantages de ce genre de soirées par rapport aux boîtes de nuit, vous êtes encore en compétition avec de nombreuses distractions (l'alcool, la danse, ses amies qui veulent l'emmener ailleurs).

Alors, votre but ici, tout comme en boîte de nuit, sera de réussir à l'emmener ailleurs, de préférence un endroit calme, (pour manger un morceau par exemple) un endroit où vous puissiez être seuls.

Associations de Bénévolat –

Cela peut paraître très surprenant, mais le fait est qu'il y a très peu d'hommes pour énormément de femmes qui participent à des actions caritatives. Les femmes, motivés par l'émotion du bénévolat, adorent donner.

En plus de cette proportion homme-femme très favorable, le plus grand avantage du bénévolat est qu'il s'agit du hobby le plus satisfaisant que vous puissiez trouver. (Les études ont démontré que nous sommes toujours plus satisfaits d'une activité qui a un sens pour nous.)

De plus, les femmes trouvent très attirants les hommes qui se passionnent pour quelque chose. Le meilleur de sujet de conversation entre vous et une femme est celui qui vous passionne et qui la concerne.

Les animaux sont une de mes grandes passions, je suis donc bénévole à la SPA la plus proche de chez moi. En théorie, toutes les femmes ont envie de sauver les animaux. Lorsque je parle de ma passion et de mon engagement pour les bêtes, elles sont fascinées. Elles ont naturellement confiance en moi et se sentent en sécurité en ma présence. Cela facilite grandement leur chemin vers mon lit.

Les Cours –

Votre stratégie, c'est d'aller là où il y a des femmes, et pas d'hommes.

Vous avez déjà eu envie d'être le seul mec au milieu de 25 bombes sexy ? Alors, pensez à prendre des cours de yoga ! En plus, vous apprendrez à vous détendre, à bien respirer et à contrôler votre posture.

Par contre, cela peut être difficile d'engager la conversation avec une de vos camarades de classe sans qu'elle sente ce que vous avez en tête. Voyez-vous, si elle sent qu'elle vous plait avant même que vous lui plaisiez, elle sera effrayée.

Le meilleur moyen reste d'engager la conversation à propos du yoga (ou du sujet du cours que vous aurez choisi).

Essayez d'apprendre tout ce que vous pouvez à propos du yoga (ou autre), par Internet, en lisant, etc. De cette façon, vous aurez des choses intéressantes à leur raconter. Grâce à votre expertise, vous gagnerez le statut de dominant. (Les femmes adorent lorsqu'un homme est expert en quelque chose.)

D'autres cours, où les femmes sont en nombre, sont l'art, l'artisanat, la cuisine, la littérature, la psychologie, et les langues étrangères. Plus vous prendrez de cours, plus vous aurez de sujets de conversations avec les femmes. J'ai, pour ma part, un profond intérêt pour la psychologie, j'essaie d'apprendre autant de choses que possible sur la question. J'ai remarqué que beaucoup de femmes se passionnaient également pour ce sujet.

Les Activités et Hobbies –

Il y a des groupes en tout genres auxquels vous pouvez participer. De chanter dans une chorale à faire de la randonnée en montagne en passant par danser la salsa. Bien sûr, évitez les groupes majoritairement masculins. (Tournois de jeux vidéos, ou clubs d'échecs par exemple.)

Trouvez-vous des passions non-masculines et investissez-vous ! Vous serez peut-être surpris. Par exemple, 75% des personnes qui font des activités en extérieur, comme la randonnée ou l'escalade, sont des femmes. Une majorité des personnes qui s'engagent dans des actions à l'étranger (éco-tourisme au Costa Rica) sont également des femmes. (Vous vous souvenez de ce que je vous ai dit à propos des femmes en vacances ?)

Considérez également les activités à sensations fortes. J'ai un ami qui fait de la chute libre, les femmes lui bavent littéralement dessus. Si vous voulez qu'une femme vous fasse totalement confiance et se donne à vous, emmenez-la sauter en parachute.

Les Conventions –

Encore une fois, vous vous souvenez que les femmes en vacances sont les plus faciles à mettre dans votre lit ? Et bien, saviez-vous que vous pouviez trouver des bars d'hôtels entiers remplis de centaines (parfois de milliers) de jolies filles loin de chez elles ?

Exactement…Lors de conventions.

La profession qui est largement **dominée** par les jolies femmes est celle d'infirmière. Il y a des millions d'infirmières et d'élèves infirmières qui se regroupent pour des conventions tous les ans, et ce, partout dans le monde.

Alors, perdez quelques minutes sur un moteur de recherche, et trouvez-vous une convention d'infirmières proche de chez vous pour bientôt.

Votre Cercle d'Amis –

Un grand nombre de couples se sont rencontrés par l'intermédiaire de leurs amis. Soit on les a présentés, soit ils se sont rencontrés car ils avaient des amis communs. En gros, il y a une opportunité à saisir à chaque fois que vous êtes en présence d'une femme. J'ai déjà mentionné les cours, le bénévolat et les autres activités qui fonctionnent bien dans ce but, mais, vous devriez également chercher à agrandir en permanence votre cercle d'amis.

Agrandissez-le avec des femmes et des hommes. Appelez vos vieux amis. Faites-vous-en des nouveaux. Sortez avec des collègues de travail. Invitez des gens à jouer au bowling ou à aller au cinéma. Plus vous connaîtrez de gens, plus on vous en présentera de nouveaux.

Ne vous faites pas avoir par le piège de rester à la maison à boire des bières avec le même groupe de mecs. Dans ce contexte, la possibilité de rencontrer des femmes est nulle.

Insistez toujours pour **sortir** lorsque vous passez des soirées entre hommes.

Comment Agrandir Votre Cercle de Connaissances… Même Si Vous n'Avez Aucun Ami Pour Le Moment.

Pas besoin d'être un génie de la conversation pour se faire des amis (et même beaucoup !). Tout ce dont vous avez besoin, c'est d'être **amical** et **dynamique.**

Pour être amical, il vous faut vous concentrer sur le plaisir de l'autre personne. Soyez optimiste et insufflez-lui des émotions positives. Même les mecs les plus nuls que vous connaissez ont des amis. En gros, il ne faut pas être négatif…Que cela soit à propos des autres ou en vous dénigrant vous-même.

La solitude vient généralement de votre état d'esprit. Lorsque quelqu'un ne se sent pas en sécurité, déprimé et qu'il a une mauvaise image de lui-même, c'est normal que personne n'ait envie de passer du temps avec lui.

Sur le long terme, les gens ne voudront passer du temps avec vous que s'ils en tirent un bénéfice. Si vous leur faites avoir des émotions négatives, ils auront une patience limitée avec vous.

Personne n'aime non plus les gens qui passent leur temps à se plaindre et à attendre d'être plaints en retour. Si vous avez le cafard, gardez-le pour vous.

Lorsque vous êtes avec des amis, laissez-les parler de ce qu'il veulent. Ne vous épanchez pas. En tant que mâle dominant, vous n'avez pas à toujours tout raconter à vos amis. Il ne vous faut pas toujours ramener la conversation à vous.

Ensuite, il vous faut être dynamique. Vous devez toujours croire que les autres sont trop paresseux pour vous appeler pour sortir. Après tout, qui ne voudrait pas passer du temps avec quelqu'un d'aussi génial que vous ?

Étant donné que la plupart des gens ont la flemme, prenez l'initiative d'appeler vos amis. N'attendez pas qu'ils vous appellent. Prenez votre vie sociale en charge. Tout comme il vous faut être l'instigateur de vos relations avec les femmes, vous devez être à l'origine des activités que vous avez avec vos amis.

Voici quelques conseils pour construire votre cercle d'amis.

1. N'attendez rien de vos amis. Vous ne contrôlez pas leurs vies. Acceptez-les comme ils sont – ce qu'ils font et ce qu'ils pensent.

2. Même si vous êtes flexible en ce qui concerne les personnes que vous fréquentez, ne modifiez pas votre personnalité pour plaire aux autres.

3. Acceptez qu'avoir des amis implique des obligations. S'il vous faut quitter le boulot plus tôt pour les retrouver à l'happy hour, faites-le. Si vous devez raccourcir vos révisions d'examens pour aller jouer au bowling, n'hésitez pas.

4. Si vous êtes quelqu'un de sociable et que vous avez beaucoup d'amis, il vous faudra être sélectif. Les mauvais amis peuvent vous empêcher de progresser, les bons, par contre, peuvent vous faire évoluer. (Il vaut mieux être ami avec des cadres dynamiques qu'avec des branleurs fumeurs de shit.)

5. Par contre, si vous n'avez pas d'amis, ne

soyez pas sélectif. Ne refusez jamais une invitation si vous n'avez pas d'autre plan que de rester chez vous.

6. Prenez un téléphone portable. Et servez-vous-en. Pour vous faire un ami, récupérez le numéro de quelqu'un, et appelez-le. Invitez votre nouvel ami à faire quelque chose avec vous.

7. Lorsque vous invitez quelqu'un, arrangez vous pour que cela soit le plus pratique possible pour lui. Plus ce sera pratique, mieux c'est. Par exemple, si vous connaissez quelqu'un qui adore les Star Wars, et que vous savez qu'il va aller voir le nouveau au cinéma de toute façon, arrangez-vous pour l'y retrouver.

8. Ne vous vexez pas si vous êtes toujours celui qui appelle les autres. Souvenez-vous, la plupart des gens manquent d'initiative et attendent des autres qu'ils fassent le boulot.

En conclusion, le comportement à bannir de vos relations amicales est celui d'être en demande. Les gens ne vous rappelleront pas toujours, pour une raison ou pour une autre. Ils ne vous inviteront pas toujours non plus. Restez cool et ne vous en offusquez pas.

Comment Obtenir Instantanément l'Attention d'une Femme et Quoi Lui Dire Lorsque Vous Lui Parlez

Au minimum, il vous faut être capable d'avoir une conversation basique avec une femme. Alors, il faudrait vous en faire une règle à suivre à partir de maintenant : **vous aurez au moins une vraie conversation avec une femme par jour.** Ça peut être votre sœur, une amie, une collègue, votre mère, une vieille dame, ou n'importe quelle autre femme. L'idée ici est de vous habituer à parler avec une femme pour que cela vous devienne naturel et facile. Lorsque le moment sera venu, vous parlerez à une femme qui vous plait.

Et, lorsque vous parlez à ces femmes non-attirantes, n'essayez pas de vous faire apprécier d'elles, détendez-vous et soyez vous-même.

Pour vous habituer à parler à des **inconnues,** il vous faut dès à présent prendre la résolution d'engager la conversation avec **au moins quatre femmes attirantes par semaine.** C'est plus facile que ça n'en a l'air, prévoyez simplement un peu plus à leur dire que : « Salut, vous venez d'où ? »

Au supermarché, demandez à une femme, « J'ai besoin d'un avis féminin, je dois acheter une crème pour les mains pour ma sœur. Laquelle préférez-vous ? Celle-ci ou celle-là ? »

C'est nul, je sais, mais au moins vous aurez engagé la conversation avec une inconnue.

C'est en abordant des femmes seules dans ce genre de situations quotidiennes que j'ai connu une grande partie de mes succès avec les femmes. Je vais donc continuer à me concentrer sur ce scénario pour vous expliquer comment parler aux femmes.

L'Approche, Comment s'y Prendre

Pour faire votre approche, il vous faut être dans l'état émotionnel adéquat. Vous devez ressentir un fort désir sexuel et être confiant et détendu. Si vous êtes nerveux, que vous avez peur, ou que vous cherchez vos mots, une femme ne vous trouvera pas attirant, voire même flippant.

Je sais, je sais…Dans un monde idéal, les femmes seraient flattées de voir un homme bafouiller devant elles. Mais, si vous voulez baiser, il va falloir vous adapter à la réalité. Il vous faut être confiant, excité sexuellement et détendu – pas paniqué, asexué ou tendu.

Rappelez-vous, toutes les filles veulent du sexe. Certaines ont des blocages psychologiques comme la frigidité, mais la plupart d'entre elles coucheront avec vous si vous êtes un mâle dominant. À vous de créer les bonnes conditions et d'emmener votre interaction vers votre lit.

Beaucoup d'homme se plantent avec les femmes car ils utilisent des phrases toutes faites pour les accoster. Le problème avec ce genre de phrases, c'est qu'elles exposent tout de suite, avant même que vous ayez le temps de lui parler, ce pourquoi vous êtes là.

Et, à moins que vous n'ayez quelque chose d'extraordinaire, comme une beauté hors du commun, ou le fait que vous soyez une célébrité, vous n'avez pas envie qu'elle décide **instantanément** si vous lui plaisez ou non.

Au contraire donc, il est préférable d'être discret. Montrez-lui votre personnalité de dominant et **partez du principe qu'il y a attraction.** (J'expliquerai ce que j'entends par là plus en détail bientôt.)

Non seulement vous ne voulez pas qu'elle comprenne tout de suite pourquoi vous êtes là mais en plus, vous voulez attirer son attention. Arrangez-vous pour qu'elle ait envie de vous parler.

En fait, il vous faut avoir une conversation **neutre** avec elle dans un premier temps. Vous-même, par exemple, savez ce que c'est que d'être sur la défensive lorsqu'un clochard sorti de nulle part vous dit : « Salut, Ça va ? »

Vous êtes sur la défensive lorsque cela vous arrive parce que vous savez que ce que ce mec veut c'est votre argent. Il tente d'avoir un échange amical avec vous trop rapidement... Il ne vous connaît pas, il n'y a aucune raison qu'il vous aborde comme ça.

Et bien, la réaction est la même chez les femmes. Lorsque vous cherchez à avoir un échange avec une femme à partir de rien, elle est sur la défensive.

Alors que, lorsque vous avez une conversation neutre et normale avec cette fille, elle ne se sentira pas tout de suite obligée de préparer sa défense.

Et, une fois que cette conversation initiale sera lancée, si vous continuez à l'alimenter et si vous **partez du principe qu'il y a échange**, alors vous vous retrouverez demain matin en train de prendre le petit déjeuner avec cette femme. À condition que vous ayez persisté vers votre but sexuel.

Il y a une phrase que j'appelle « les 10 mots hypnotiques ». Ils vous permettent de passer par toutes les étapes précédemment citées. (Qu'elle ne vous soupçonne de rien, d'attirer son attention, d'obtenir son intérêt, tout en étant totalement neutres.) Ils sont de loin le meilleur moyen de démarrer une conversation avec une inconnue. « **J'ai besoin d'un avis féminin sur quelque chose.** »

Dites-le d'une manière détachée, comme si vous auriez pu poser cette question à n'importe quelle autre femme.

Ce pour quoi vous demandez son opinion peut être extrêmement variable, soyez simplement sûr qu'il s'agit d'un sujet qui intéresse les femmes et que vous voulez vraiment approfondir.

Voici quelques exemples qui ont eu du succès avec moi :

- Quelque chose que vous avez lu dans le dernier Cosmo.

- « Qu'est ce que vous pensez de cette chemise » ?

- « J'hésite à acheter cette peinture. Qu'en pensez-vous » ?

- « Lorsqu'une femme me demande si ce jean lui fait de grosses fesses, qu'est-ce que je dois lui dire » ?

- Posez-lui une question à propos d'un problème qui est arrivé à l'un de vos amis avec une fille. « Mon ami a passé toute la journée à étudier avec cette fille. À un moment donné, elle a fait un avion en papier et le lui a lancé. Ça les a fait rire tous les deux. Puis, il a voulu renvoyer l'avion, mais elle est redevenue sérieuse tout à coup et lui a dit « Ne fais pas ça ! » Il m'a raconté que cette situation lui avait semblé vraiment bizarre. Il se demandait ce qu'il aurait dû faire ».

- Demandez-lui : « Si votre copain jouait à des jeux vidéos toute la journée, vous en penseriez quoi » ? Puis racontez-lui comment votre ami s'est fait largué par sa copine pour cette même raison.

- Demandez-lui comment, selon elle, les filles trouvent un mec célèbre mais qui n'est pas vraiment beau (à vous de trouver un exemple). Racontez-lui ensuite comment une fille de votre connaissance a commencé à le suivre partout, à appeler son agent, à traîner devant sa maison, après avoir eu son autographe. (À ce moment-là, cette fille vous dira que la fille dont vous lui parlez est folle et…Félicitations ! Vous êtes en train d'avoir une conversation avec une fille que vous avez rencontrée dans la rue. Vous n'avez maintenant qu'à lui demander quelles célébrités lui plaisent à elle, etc.)

- Engagez la conversation à propos de l'actualité. Par exemple si vous vous rendez à une démonstration de chiens sauveteurs, parlez-lui de l'adoption des animaux.

- « Il fait beau aujourd'hui » (Surtout s'il fait un temps de merde !)

- « Vous avez déjà essayé ce chewing-gum » ? (Essayez-le chez le buraliste.) « Vous avez aimé » ?

- Et cetera.

Vous pouvez lui parler de n'importe quoi. Tant que ça reste **neutre.**

Choisissez cependant un sujet qui vous intéresse aussi. Vous aurez l'air sincère de cette façon, vous n'aurez pas l'air d'être en train d'essayer de la draguer.

Ne récitez jamais quelque chose que vous avez appris par cœur ! Utilisez la liste précédente pour vous aider à trouver des sujets seulement. Croyez-moi – Et ça m'a pris longtemps pour comprendre ça – si vous avez l'air d'un acteur qui récite son texte, vous allez vous planter.

Autre chose d'essentiel (et qui m'a pris un certain temps à comprendre également)... Lorsque vous engagez la conversation, il ne faut pas que vous ayez l'air trop **habile ou que** ça ait l'air trop facile pour vous de lui parler. Sinon elle vous dira, « Vous avez quelque chose à vendre » ? ou « On se connaît » ? Au contraire, essayez d'être naturel (tout en étant détendu et nonchalant) !

En tant que mâle dominant attirant et de grande valeur, vous pouvez utiliser le prétexte de « l'opinion féminine » pour déterminer si cette fille vaut la peine qu'on lui parle. Si elle se montre froide envers vous, dites simplement « merci du conseil » et partez.

> **Exercice facile pour Mâle Dominant :** prenez une feuille de papier blanche. Vous avez 20 à 30 minutes pour trouver 12 choses au sujet desquelles vous voulez avoir une opinion féminine.
>
> Voilà ! Vous avez à présent une liste, prête à l'emploi, de 12 sujets dont vous pouvez parler avec des femmes.

Le plus simple parfois est de lui parler de votre environnement immédiat. Si vous êtes dans un cinéma, demandez-lui si elle a vu un film en particulier et s'il lui a plu. Racontez-lui une histoire drôle qui vous est arrivée dans un cinéma.

Voici un exemple d'histoire que j'avais raconté à une fille que j'avais croisé au cinéma, avant de finir dans son lit...

> *J'avais emmené une ancienne copine au cinéma. Dans la salle, il n'y avait que nous et une bande de 8 lycéens. Ils faisaient beaucoup de bruit et sautaient partout avant que le film ne commence.*
>
> *Elle s'est alors levé et leur a dit, « Vous avez*

intérêt à en profiter maintenant, parce que quand le film commencera, il faudra vous la fermer » !

Ils m'ont tous regardé méchamment, parce qu'ils ne pouvaient pas s'en prendre à elle. Par contre moi, comme je suis un mec…

Plus tard, je suis allé aux toilettes, et je suis tombé nez à nez avec les 8 adolescents, j'ai cru qu'ils allaient me sauter dessus.

Mais, ils ont tous commencé à pleurnicher, « Ne nous balance pas! ». En fait, ils étaient rentrés en douce dans le cinéma et ils se cachaient là de peur de se faire gueuler.

Je sais que cette histoire est nulle, mais ça n'a pas d'importance pour une fille. Faites juste attention lorsque vous racontez l'histoire à exagérer les parties fortes en émotions, les émotions étant une vraie drogue pour les filles. (Dans l'exemple précédent, imitez les adolescents avec une voix en train de muer lorsqu'ils pleurnichent, vous constaterez l'effet que cela aura.)

Et aussi, n'utilisez pas mon histoire. Créez la vôtre !

Si vous êtes dans la salle d'attente de votre dentiste (comme moi il y a quelques mois), demandez-lui si elle a déjà eu rendez-vous avec lui et ce qu'elle en pense. (C'est ce que j'ai fait avec cette fille qui m'a donné son numéro de téléphone et que j'ai revue le lendemain… C'était le plan café-puis-bar-puis-chez-moi-puis-baise-après-avoir-regardé-un-dvd-ensemble-sur-mon-canapé classique).

Dites-lui que vous prenez garde aux dentistes en ce moment. En tout cas depuis que vous avez eu rendez-vous avec un en particulier. Il s'appelait le Docteur Doité et il avait les plus gros doigts que vous ayez vu de votre vie. (À ce moment-là, elle devrait rire.)

À partir de là, vous pouvez lui expliquer pourquoi vous trouvez intéressant que certaines personnes choisissent des emplois qui vont bien avec leurs noms. Docteur Doité était dentiste. Vous connaissiez également une fille qui s'appelait Amélie Saumon et qui travaillait dans la conservation des poissons.

À ce moment-là, si cette fille vaut la peine qu'on lui parle, elle vous racontera une anecdote similaire ou trouvera autre chose pour continuer à alimenter la conversation. C'est en fait une façon de juger de son intérêt à votre égard – en vérifiant que la conversation provient des deux parties.

(Si une femme ne vous fait pas la conversation, cela veut dire que soit vous ne l'intéressez pas assez pour qu'elle vous donne une chance, soit qu'elle est nerveuse. S'il s'agit de la dernière option, je prendrais quand même son numéro et proposerais de la voir un autre jour, il est difficile de coucher le jour même avec une fille nerveuse.)

Une fois que vous avez engagé la conversation et qu'elle vous a répondu, laissez-vous aller. Changez de sujet. Parlez de ce que vous voulez comme, par exemple, quelque chose d'intéressant que vous avez lu dans *le nouvel Obs*. **La clé, c'est de parler de sujets variés.**

Pourquoi faire cela ? Parce que vous voulez qu'elle (et vous) ait l'impression que vous pouvez parler de tout ensemble.

Avez-vous déjà eu une conversation comme ça ? Qui semblait durer des heures parce que vous et l'autre personne aviez toujours un nouveau sujet à aborder. C'est le genre d'échange qu'il vous faut installer.

Vous pouvez toujours revenir en arrière sur un sujet dont vous avez déjà parlé pour en explorer une nouvelle facette. Cela vous donnera la possibilité de ne pas rencontrer des silences qui vous mettraient tous deux mal à l'aise.

Qu'importe le sujet que vous choisirez en tant que mâle dominant, ce qui importe ici c'est votre attitude. Si vous avez peur, elle le sentira et vous ne lui plairez plus.

Au contraire, soyez convaincu que chaque femme aime le sexe et mène une vie ennuyeuse si vous n'êtes pas là. Cette femme appréciera donc de parler avec vous. Même si ça n'est pas le cas, c'est sa responsabilité de vous le faire savoir, vous n'avez certainement pas à lire ses pensées.

Ayez simplement une conversation normale, soyez détendu et laissez-vous aller.

Le secret inavouable à propos de vos interactions avec les femmes est que **ce dont vous parlez n'a pas vraiment d'importance** (tant que vous n'abordez pas un des sujets interdits comme je l'explique plus loin). Vous devez simplement avoir un échange avec elle. Arrangez-vous pour qu'il soit bon !

Lorsque viendra le moment où elle vous demandera votre prénom, répondez fièrement et laissez-lui le temps de vous dire le sien. Si vous en avez envie, serrez-lui la main à ce moment-là. Cela lancera la dynamique selon laquelle vous vous sentez assez à l'aise pour vous toucher.

Posez-lui des questions, donnez votre avis, laissez la conversation suivre son cours pendant quelques minutes. Vous saurez que cette conversation l'intéresse lorsqu'elle commencera à donner son avis elle aussi et à vous poser des questions. (En d'autres termes, comme je l'ai déjà dit, la conversation viendra des deux parties.)

À ce moment, il vous faudra avoir avec elle une conversation sur un ton que vous auriez pu utiliser avec quelqu'un que vous connaissez de longue date. (Bien que vous ne connaissiez cette fille que depuis quelques minutes, vous voulez qu'elle se sente aussi à l'aise que si elle vous connaissait depuis longtemps.)

Lorsque vous connaissez quelqu'un depuis longtemps, vous ne le (ou la) bombardez pas de questions. Au contraire, vous donnez votre avis sur ce qui se passe autour de vous comme, par exemple, que vous n'arrivez pas à croire tout ce que les gens dans le supermarché achètent comme conneries.

Soyez détendu et à l'aise avec elle. J'ai remarqué que j'avais 10 fois plus de succès avec les filles lorsque je montrais peu d'énergie plutôt que trop. Les raisons sont les suivantes :

1) Elle n'aura pas l'impression d'avoir à faire d'effort pour vous correspondre émotionnellement parlant.

2) Les femmes ont plus d'envies sexuelles lorsqu'elles sont détendues.

Convenir d'un Rendez-Vous

Lorsque vous avez commencé à participer tous deux activement à la conversation et que vous sentez que tout se passe bien entre vous, il est temps de remporter la manche. Vous pouvez soit lui proposer une sortie avec vous tout de suite, soit récupérer son numéro de téléphone pour pouvoir fixer un rendez-vous plus tard.

Prenez votre décision en fonction du temps que vous avez tous les deux devant vous. En général, il vaut mieux éviter d'avoir un rencard si vous n'avez pas assez de temps pour coucher avec tout de suite. Donc, si elle a rendez-vous chez le coiffeur ou avec une amie dans une heure, prenez plutôt son numéro et rappelez-la plus tard.

Pour bien procéder, il faut que cela ait l'air informel, l'air d'un rendez-vous rapide et sans importance. Dites quelque chose comme : « J'irais bien prendre un petit café, ça serait cool que tu m'accompagnes. »

Il y a des règles importantes à suivre, en voici un résumé :

1) **Donnez-lui l'impression que ce rendez-vous ne durera pas longtemps.** Ça lui fera oublier ses hésitations par rapport au fait d'aller prendre un café avec un homme qu'elle vient juste de rencontrer.

2) **Il doit avoir l'air informel.** Vous ne voulez pas qu'elle pense qu'il s'agit d'un rendez-vous classique. Cela impliquerait de la nervosité de sa part, et elle vous ferait patienter avant de coucher avec elle. (La plupart des femmes ont pour règles de ne pas coucher dès le premier rendez-vous.)

Si vous décidez de prendre son numéro, dites : « C'était très sympa de parler avec vous, mais je dois y aller. On pourrait peut-être se revoir un de ces jours. »

Si elle répond par commentaire positif comme : « Oui, ça serait sympa, » alors, prenez son numéro.

En tant que mâle dominant vous contrôlez la façon dont se déroule votre échange, si vous n'avez pas l'air d'y accorder grande importance, alors, elle ne le fera pas non plus.

Il est toujours préférable d'aborder une femme seule, en effet, une femme entourée de ses amies ne voudra généralement pas les laisser pour partir avec un homme qu'elle vient de rencontrer. (Et même si elle le veut, ses amies interviendront.)

Si la fille que vous abordez est avec un groupe, la meilleure solution reste de prendre son numéro et de la revoir seule plus tard.

Le Coup de Téléphone

Dans les guides de drague habituels, vous trouverez toutes sortes de règles qui disent de ne pas téléphoner pendant trois jours, etc. En tant que mâle dominant, vous vivez votre vie exactement comme vous l'entendez. Si vous en avez envie, appelez-la.

Mon expérience m'a montré qu'en fait, il vaut mieux appeler trop TÔT que trop TARD. Appelez-la le soir même ou le lendemain si vous le souhaitez. Ainsi, votre rencontre sera encore fraîche dans son esprit.

Lors de votre appel, il vous faut avoir l'air confiant et à l'aise. Rappelez-vous que vous ne lui imposez rien, en fait, vous lui faites l'honneur de lui parler.

Chaque personne réagira différemment, il n'y a donc pas de règle universelle qui marchera à tous les coups pour cet appel. Mais il y a cependant quelques règles de base.

Une méthode que je trouve efficace pour ne pas trop être nerveux et ne pas trop penser à ce que vous dites **consiste à faire autre chose** en même temps que vous lui parlez. Mangez quelque chose ou faites la vaisselle. Vous pouvez également l'appeler depuis votre voiture ou alors que vous promenez votre chien. Si vous lui téléphonez assis chez vous, seul, sans rien faire d'autre, votre esprit aura tendance à tout sur-analyser et vous hésiterez.

Lorsque vous appellerez, c'est peut-être sa colocataire ou quelqu'un de sa famille qui décrochera. La plupart des mecs demanderont alors, d'une voix nerveuse : « Bonjour, est-ce que (prénom) est là ? »

En général, la réaction qu'ont la plupart des gens et de se mettre sur la défensive et de demander (s'ils sont polis) : « C'est de la part de qui ? »

Si cela arrivait, vous partiriez tout de suite du mauvais pied (cela donne l'impression qu'ils sont les gardiens de cette femme et qu'ils viennent de vous tester), et lorsque vous lui parleriez enfin, vous seriez nerveux et donc peu attirant.

La meilleure façon de gérer les colocs ou les membres de la famille c'est d'être détendu lorsque vous appelez. Lorsque quelqu'un décroche, dites : « Salut, c'est (votre prénom). Je cherche à joindre (son prénom). »

Si c'est elle qui décroche, parfait. Engagez la conversation comme expliqué plus loin.

Si c'est quelqu'un d'autre, soyez relax et amical. La conversation doit être légère, sympathique et drôle. Votre vie ne sera que plus simple si vous vous entendez bien avec les gens avec lesquels elle vit.

Si elle n'est pas là et qu'on vous demande si vous voulez laisser un message, répondez : « Non, pas de message. » Faites-moi confiance, on lui dira que vous avez appelé. Ne pas laisser de message augmentera votre aura de mystère.

La plupart des guides ont tort lorsqu'ils vous disent de raccrocher le plus vite possible. À moins que vous ne soyez vraiment pressé, inutile de suivre ce conseil. Restez détendu comme un mâle dominant doit l'être. Vous appelez parce que vous voulez lui parler, pas parce que vous cherchez désespérément à obtenir un rendez-vous. Ne cherchez pas à faire croire que vous êtes occupé si vous ne l'êtes pas.

Vous trouverez également beaucoup de conseils sur Internet qui vous diront comment il vous faut parler aux femmes au téléphone. Mon conseil est de les ignorer. Il ne s'agit que d'anecdotes propres aux personnes qui les ont postées, vous ne pouvez pas les appliquer à votre expérience personnelle. C'est même une grosse erreur, cela donne à ce que vous dites l'air d'avoir été étudié et préparé. Vous devez avoir l'air original, parlez plutôt de votre vie à vous avec cette femme.

Lorsque vous lui parlez, ne forcez pas une nouvelle conversation. Au contraire, revenez simplement aux conversations que vous avez eu lorsqu'elles vous a donné son numéro. Cela lui fera retrouver l'état d'esprit qu'elle avait lors de ce premier entretien.

Enchaînez ensuite en lui racontant une histoire drôle ou intéressante qui vous est arrivée récemment.

Racontez-lui une anecdote de votre journée qui l'intéressera. Votre but ici est de rester léger et spirituel et de la mettre à l'aise.

Soyez certain d'avoir l'air dynamique et détendu, parlez suffisamment fort et évitez d'avoir un ton monotone.

Évitez de posez des questions qui trahiraient que vous êtes nerveux. Ne lui demandez pas ce qu'elle est en train de faire, comment s'est passée sa journée (parlez-lui de la vôtre.), et ne lui rappelez pas que vous êtes le mec qu'elle a rencontré à la librairie (ou ailleurs). Vous êtes un intéressant mâle dominant, bien sûr qu'elle se souvient de l'endroit où elle vous a rencontré !

N'essayez pas de construire coûte que coûte un échange amical, partez du principe qu'il existe déjà. Vous pourrez ainsi vous détendre et avoir une vraie conversation, comme vous auriez pu en avoir une avec une vieille amie.

Après avoir discuté pendant un moment, il vous sera facile de fixer un rendez-vous pour la revoir. Dites quelque chose comme, « Je suis super occupé au boulot en ce moment, mais ça serait vraiment sympa de se croiser pour prendre un café. Tu es libre quand » ?

(Votre but n'est évidemment pas de simplement la croiser, mais ne le lui dites pas. Il lui faut croire que votre temps est limité pour qu'elle baisse ses défenses te ne pense pas à l'éventualité de coucher dès le premier rendez-vous.)

Si elle n'a pas l'air d'être emballée ou si elle vous dit non, ne vous en faites pas. Au moins, vous avez passé 10 à 15 minutes à vous entraîner à discuter au téléphone avec une fille attirante que vous connaissez à peine.

Dites simplement, « Ça a été un plaisir de discuter avec toi ». Ne terminez pas en disant: « Je te téléphone ce week-end ». La première version préserve davantage l'idée que vous êtes quelqu'un de difficile à avoir et d'imprévisible.

Le Rendez-Vous

Lorsque vous parlez avec une femme en face-à-face, il vous faut amener votre interaction vers le sexe. Faites-vous à l'idée qu'elle a envie de sexe autant que vous, si ce n'est plus. Il y a quatre choses sur lesquelles il faut vous concentrer :

1) Être aussi détendu que possible (en gros, l'opposé de nerveux et stressé).

2) Être sexuellement excité et « chaud ».

3) Lui parler comme si vous étiez de vieux amis.

4) Prendre les commandes et persistez à diriger votre relation vers votre lit.

L'unique endroit où vous devriez emmener une femme pour un premier rendez-vous.

Emmenez-la dans un endroit qui n'est pas obligatoirement romantique.

J'entends par là que vous ne devez pas l'emmener dans un joli restaurant ou un autre endroit qu'elle puisse forcément associer avec un rendez-vous galant. Si vous faites cela, elle aura à l'esprit l'idée de « vous faire attendre », comme ça a été le cas avec les 100 derniers mecs qui lui ont payé un restau.

Au lieu de ça, retrouvez-vous dans un endroit informel, comme un café ou une brasserie bon marché pour le déjeuner.

Ne vous inquiétez pas de savoir qui paiera quoi, parce qu'une fois encore, les 100 derniers mecs qui l'ont invité avaient, selon elle, l'idée de l'attirer dans leurs lits.

En tant que mâle dominant vous ne devriez rien faire dans « l'espoir de coucher avec une femme ». Cela vous donnerait l'air désespéré et tuerait toute attirance que pourrait avoir une femme pour vous.

(Un homme attirant est un homme qui baise souvent. Pour lui, le sexe n'a pas grande importance. Si une femme désire son attention, elle doit la mériter... Et pas le contraire. En d'autres termes, il est un défi pour elle, rien n'est gagné d'avance.)

Comme je l'ai dit plus tôt, le fait de dépenser de l'argent pour une femme fait baisser votre valeur dans son esprit. Le problème de l'argent ne devrait pas rentrer en compte lorsque vous choisissez l'endroit où vous irez avec elle. Même si vous ne voulez pas avoir l'air radin non plus.

Mes endroits favoris sont les cafés et brasseries, ce sont des endroits décontractés et publics où une femme peut se sentir en sécurité, et en plus, on n'y dépense rarement plus de quelques Euros. Si vous décidez finalement de lui payer le café, ça ne posera aucun problème.

Un autre avantage des cafés est qu'ils ne rentrent pas dans le cadre classique du rendez-vous qui a tendance à rendre les gens nerveux comme lorsque vous sortez dîner pour la première fois. Les cafés sont des endroits relax, où l'on se sent à l'aise.

Une option à considérer serait celle d'un endroit qui fasse à la fois bar et restaurant. Il vous sera ainsi plus facile de passer du repas à prendre un verre ensemble.

Choisissez un endroit proche de chez vous. Plus vous serez loin de votre tanière, plus elle aura de temps pour ne plus être excitée sexuellement, de commencer à s'inquiéter, à se dire qu'elle se trouve en chemin pour la maison d'un homme qu'elle connaît à peine et qu'elle ne fait jamais ça d'habitude.

Une autre chose à prendre en compte... Il vous faut être un client régulier dans l'endroit où vous choisissez d'emmener les femmes. Je suis pour ma part un habitué d'un café à côté de chez moi. Donnez de bons pourboires aux serveurs, donnez-leur de si bons pourboires qu'ils auront hâte de vous revoir.

Ensuite, lorsque vous emmènerez une femme dans cet endroit et qu'elle verra que tout le monde vous connaît et vous adore, votre statut social fera un énorme bon dans son esprit.

Les femmes accordent une très grande importance au statut social d'un homme. C'est un gros avantage pour vous qu'une femme vous voie dans un endroit où les gens vous connaissent et vous apprécient. À ses yeux, cela vous donnera un air sain.

Tant que nous parlons du statut social, voici une autre suggestion, emmenez une fille dans n'importe quel endroit où l'on vous apprécie et demande votre avis. Si vous êtes le patron dans votre travail, arrangez-vous pour qu'elle le voie. (Voir p.35.)

Lorsque vous vous asseyez, faites le contraire de ce que recommandent les bonnes manières. Prenez le siège qui est dos au mur.

Si elle n'a en face d'elle que vous et le mur, vous aurez moins de compétition pour obtenir son attention.

Il vaut mieux pour vous qu'elle se concentre sur votre personne, plutôt qu'il vous faille être en compétition pour son attention avec les autres gens qui se trouvent dans le café, la vue sur le fleuve, où ce qui se passe dans la rue, etc. Vous ne voulez pas que son attention soit interrompue par quelque chose de plus intéressant que vous.

Et au fait, notez bien que depuis tout ce temps je ne vous parle que de l'endroit où **vous voulez** l'emmener. C'est vous qui décidez. Elle doit entrer dans votre monde, pas le contraire.

Alors, ne faites pas comme ces gars qui ne sont pas sûrs d'eux et qui disent : « Où voudriez-vous aller ? » Vous devez avoir un endroit en tête et l'**emmener dans votre réalité.**

Même si elle dit qu'elle connaît un endroit sympa où aller, vous devez l'emmener là où vous avez décidé. Dans le cas contraire, où vous seriez le suiveur, il vous sera beaucoup plus difficile de coucher avec elle le jour même.

Alors que cette relation progressera, cela pourra et devra changer. Mais, aux débuts, il vous faut avoir un endroit de prévu où vous voulez aller et vous dire : « Je vais dans un endroit sympa et cette fille vient simplement avec moi ».

Les Conversations Simples qui Fonctionnent Lors d'un Rendez-vous.

Il faut que vos conversations aient l'air naturelles et détendues. Vous devez alors parler avec elle de sujets informels comme vous le feriez avec un ami. Ayez à l'esprit que « vous allez inévitablement coucher avec cette femme dans quelques heures, vous essayez simplement de la connaître un peu mieux, pour patienter ». Cela vous permettra d'être détendu et de ne pas trop penser à ce que vous devriez plutôt dire ou pas.

Voici quelques suggestions de sujets de conversation :

- **Des anecdotes intéressantes qui vous concernent.** Elle commencera alors probablement à penser à des anecdotes de sa propre vie à vous raconter. Si elle dit quelque chose qui vous intérese vraiment, dites-lui que vous voudriez en savoir plus. Ne faites cependant pas semblant d'être intéressé, les femmes s'en rendent très facilement compte.

- **Ce qui vous est arrivé ces jours-ci.** Quelque chose de cool que vous avez vu, ou quelque chose de scandaleux ou d'étonnant. Il faut qu'elle puisse ressentir de l'émotion lorsque vous le raconterez.

- **Les émissions télé, les films et les célébrités.** Même si vous ne regardez pas la télé, il vous suffira de lire quelques magazines people et télé pour être au courant des dernières nouvelles. De nombreux sites Internet sont également de très bonnes sources de ragots et d'infos sur les célébrités, ils pourront vous fournir de nombreux sujets de conversation avec les femmes.

- **La musique.** Feuilletez un ou deux magazines de musique pour savoir de qui est à la mode en ce moment et comment en parlant pour avoir l'air de vous y connaître.

- **La bouffe.** Qu'importe qu'une femme soit grosse ou maigre, il y a de grandes chances que ce sujet l'obsède. Parlez-lui de vos plats et restaurants préférés, etc.

- **Les vacances.** Parlez-lui des différents endroits où vous êtes allé.

- **Vos passions.** Vous avez des passions, n'est-ce pas ? Si ça n'est pas le cas, trouvez-vous en. Et habituez-vous à en parler.

- **Les différences entre les hommes et les femmes.** De nombreuses filles pourraient en parler pendant des heures !

- **Les chaussures.** Les femmes ont une fascination bien particulière pour les chaussures. Vous pourrez facilement passer une demi-heure à ce qu'elle vous enseigne pourquoi.

Vous pouvez lui poser des questions sur elle, mais évitez de trop le faire. Pourquoi ? Parce que vous ne posez pas vraiment ce genre de questions à quelqu'un que vous connaissez déjà. (Et vous êtes en train d'essayer de lui donner l'impression que l'on peut « vous parler si facilement, comme si l'on vous connaissait depuis des années » !)

Lorsque vous apprendrez à la connaître, procédez plutôt à l'aide de phrases affirmatives plutôt que de questions.

Vous pouvez lui demander, « Quels genre de bouquins préfères-tu » ? Mais il vaudrait mieux le dire de la façon suivante : « J'adorerais savoir quel genre de bouquin tu préfères ».

Cela montre votre intérêt d'une manière plus personnelle car vous y exprimez vos sentiments et réactions.

Ce dont vous parlez n'a pas d'importance. Une femme ne couchera pas avec vous simplement grâce à ce que vous allez lui dire. Par contre, elle va vérifier que vous ne parlez pas des **mauvais sujets.**

De nombreux mecs foirent complètement à ce niveau-là. Alors faites bien attention à la liste qui vient des 14 sujets à ne spécifiquement jamais aborder lorsque vous parlez avec une femme avec laquelle vous voulez coucher:

1) **Des choses négatives, comme le fait qu'elle déteste son boulot.**

Votre interaction doit rester positive. Elle doit associer des sensations positives à votre personne.

De plus, vous n'êtes que celui qui va coucher avec elle, pas son psy ! C'est à ses amies d'écouter ses problèmes, pas à vous.

Si elle aborde des sujets négatifs, ramenez la conversation à des choses qui vous plaisent. Soyez gentil et, avant de changer de sujet, dites lui: « Je vais t'aider à te changer les idées. »

2) **Des choses négatives à votre sujet.**

Ne lui racontez pas que vous avez passé deux ans en prison, que vous détestez votre boulot de merde ou que vous êtes quelqu'un d'asocial qui n'a jamais de copines.

Pourtant, elle sait bien que personne n'est parfait, alors il **faudra** lui montrer quelques faiblesses de temps à autre. Par exemple, que vous êtes nerveux lorsque vous devez parler à un groupe de personnes[8], que vous n'arrivez pas à garder votre voiture propre[9], ou du fait que vous avez toujours été terrifié à l'idée que vos parents puissent mourir[10].

Parler de ce type de petites faiblesses et défauts augmentera probablement son affection pour vous car...

    a. Ça l'aide à définir votre personnalité.
    b. Ça montre que vous n'essayez pas de gagner son approbation.

3) **Des sujets controversés.**

Désolé pour les fans de la gâchette. Mais si elle est offusquée par le nombre de flingues en circulation, le sexe sera la

---

8   Elle vous répondra presque toujours: « Moi aussi! », lorsque vous lui direz ça.

9   Pour certaines raisons, les femmes se foutent de l'intérieur de votre voiture. Seule la propreté de votre appartement les préoccupe.

10   Ici encore, la réponse $$$$$$$Moi aussi!$$$$$$$ est garantie.

dernière chose qu'elle aura en tête.

Il est également possible que vous ayez des opinions qui vous disqualifient à ses yeux. (Elle peut avoir une vision totalement opposée à la vôtre en ce qui concerne le mariage gay par exemple). Évitez donc tous les sujets qui ont ce potentiel.

Si par contre, elle commence à parler de religion ou de politique, essayez d'être le plus d'accord possible avec ses opinions. Votre but est de baiser, pas de débattre de politique. N'allez pas trop loin, n'allez pas jusqu'à contredire vous croyances les plus profondes, mais, si vous n'êtes pas d'accord avec elle, il vous suffira de dire : « C'est très intéressant, ça me plait vraiment que tu t'y connaisse en… , et au fait, tu savais que.. ? » …Et changez de sujet pour parler d'autre chose.

4) **Des sujets qui ont tendance à ennuyer les femmes.**

Environ 1% des femmes (voire moins) se demande vraiment qui va gagner la champions' league. Gardez cette conversation pour vos potes.

Les femmes s'en foutent également de savoir que vous avez un chargeur de CD à pompe hydraulique dans votre voiture.

Ça ne les intéresse pas non plus de vous entendre raconter comment vous avez tué 150 mecs d'un coup à GTA 3… Tout ce qui touche à l'informatique ou l'électronique ne les passionne pas non plus en général. Et d'ailleurs, à ce sujet…

5) **Les sujets d'ordre technique.**

Gardez votre discussion sur votre achat d'une carte de RAM de 1GB pour vos amis fans d'info. Si vous croyez devoir expliquer ce qu'est la RAM, une fois encore, faites-le plus tard, et pas avec elle.

Je sais que je me répète, mais il faut vraiment que ça vous rentre dans la tête : **pour qu'une femme soit excitée**

sexuellement, il lui fut d'abord être excitée émotionnellement. Lorsque vous partez dans une discussion logique, vous ne titillez pas la partie émotionnelle de leurs cerveaux. Ne soyez pas chiant !

6) **Les sujets trop vulgaires.**

Aucune femme ne vous trouvera attirant lorsque vous lui expliquez que vous ne prenez pas de lait dans votre café parce que cela vous donne la chiasse. (C'est triste à dire, mais c'est un exemple réel de ce qu'a dit un des mecs que je coachais à une fille. Étonnamment, il n'avait aucune idée de la raison qui avait poussé cette fille à s'enfuir !)

Ne vous vantez pas non plus de pouvoir péter sur commande. Les femmes ne trouvent pas ça drôle – Elles trouvent ça dégueu.

7) **Les sujets offensants pour les femmes.**

Il y a des divergences d'opinions marquées entre hommes et femmes sur certains sujets. Presque la totalité des femmes - même la plus égoïste des pouffiasses - a un instinct maternel.

Si vous aimez aller chasser et tuer des animaux, c'est très bien. Mais évitez d'essayer de parler de cette passion avec elle.

Ça devrait être évident pour chaque homme. Ça ne l'est pas toujours.
Un ami à moi a dit à une femme qu'il avait trouvé très drôle de rouler en voiture sur un écureuil et de le voir ensuite se vider de son sang sur la route. (Nul besoin de préciser qu'il est rentré tout seul ce soir-là.)

8) **Son ex ou n'importe quel autre mec qui pourrait encore lui plaire.**

Si ce sujet arrive dans la conversation, changez-en IMMÉDIATEMENT.

Même si elle vous raconte à quel point elle déteste son ex, cela veut dire qu'elle est encore attirée par lui. (Si elle s'en foutait vraiment, elle en voudrait pas en parler.)

En définitive, vous voulez qu'elle pense à vous, rien qu'à vous, pas aux autres mecs.

9) **Le sexe.**

Ne verbalisez jamais rien qui touche au sexe, cela déclencherait la portion de son cerveau qui a été entraîné à penser que « Oh, oh, ce mec ne pense qu'à une chose. Je ferai mieux de le faire poireauter longtemps ou on va penser que je suis une salope ! »

Si elle parle de sexe, parlez-en également, plaisantez sur le sujet comme si cela n'avait aucune importance, et changez de sujet.

Soyez excité, mais ne parlez jamais de sexe, et alors que vous discuterez avec elle, attendez qu'elle devienne petit à petit aussi chaude que vous. (J'expliquerai ce concept un peu plus tard.)

10) **Les signes indicateurs d'un statut peu élevé.**

Voir le chapitre précédent intitulé : Neuf Signaux Non-Verbaux Qui Veulent Dire, « Je Suis Aimable », pour savoir de quoi ne pas parler.

11) **La submerger constamment de questions.**

Si vous **cherchez** à créer une connexion, plutôt que de vous comportez comme si elle existait déjà, vous avez de grandes chances de vous planter. Pourquoi ? Parce qu'en vous comportant comme quelqu'un qu'elle vient de rencontrer, vous échouerez immanquablement dans cette catégorie. Cela éloigne de la possibilité d'une aventure sexuelle.

Au contraire, vous voulez qu'elle pense que vous êtes le mec avec qui ça c'est bien passé tout de suite. Alors, parlez de sujets que vous aborderiez avec quelqu'un que vous connaissez depuis longtemps, avec qui vous êtes à l'aise, en qui vous avez totalement confiance.

C'est encore un autre exemple d'erreurs que les autres guides de drague commettent tous ou presque. Lorsque vous connaissez quelqu'un, vous ne le submergez pas de questions. Vous vous contentez de donner votre avis, en parlant par affirmations et en ayant une conversation normale. Il devrait en être de même avec une femme avec laquelle vous voulez coucher.

12) Ce qui donne l'impression d'avoir été préparé à l'avance.

En cherchant un peu sur Internet, vous trouverez facilement des sites qui prétendent pouvoir vous donner la recette pour hypnotiser les femmes ou modifier leur état émotionnel. Il s'agit de phrases toutes faites et d'histoires conçues pour les faire rire et tomber ensuite dans un état quasi-hypnotique.

Je ne suis pas en train de dire que ces trucs ne marchent pas, mais le problème, c'est qu'à moins d'être **extrêmement doué** pour ce genre de trucs, vous aurez l'air bizarre lorsque vous commencerez à lui débiter votre texte.

Les méthodes de mon livre sont beaucoup plus simples et marcheront aussi bien que les autres pour ce qui est de vous faire baiser.

Pourquoi passer des heures à apprendre par cœur ces textes d'hypnose alors que vous pouvez apprendre à devenir attirant et tout simplement **être vous-même** avec les femmes ?

13) Le romantisme.

Oui, vous avez bien lu. Récitez des poèmes de Shakespeare dans votre cours de littérature, pas à l'oreille de votre rencard.

Tout romantisme devrait être réservé pour après le sexe, pas avant. Si vous vous mettez-vous même dans la case « romantique », elle aura certainement envie de vous faire patienter avant de vous laisser coucher avec elle.

Etant donné que vous êtes un mâle dominant et que vous contrôlez la façon dont se déroule vos interactions, vous préférerez mettre en place une dynamique selon laquelle le sexe est une évidence qui n'a pas grande importance, pas quelque chose qui implique que vous ayez a souffrir pendant des mois avant que le grand jour n'arrive.

14) Trop d'humour.

Être naturellement drôle et spirituel joue plutôt en votre faveur lors d'une conversation, et beaucoup de mecs qui ont du succès avec les femmes les font aussi rire.
Cependant, n'en faites pas trop. Si vous êtes trop souvent drôle, alors les femmes ne vous prendront pas au sérieux et ne vous envisageront pas comme un partenaire sexuel potentiel.

Rappelez-vous que c'est vous qui contrôlez vos interactions avec les femmes de façon à diriger leur état émotionnel. Vous êtes un homme sexuel et dominant, pas un clown ni un divertissement.

(Voir plus loin « L'importance du rire ». J'y explique quel usage faire de l'humour.)

Avoir des Conversations Pertinentes d'un Point de Vue Émotionnel

Lorsque vous parlez à une femme, il est important de faire appel à ses émotions. Pour simplifier, une femme qui est excitée émotionnellement est plus réceptive à une excitation sexuelle.

Par exemple, au lieu de dire « Je viens de conduire 5, 62 Km » comme vous le diriez à un de vos potes, vous devriez lui dire « Tu ne croiras jamais ce que j'ai vu sur la route tout à l'heure ! » (Elle en sera excitée et vous demandera quoi.)

La meilleure façon d'apprendre à parler aux femmes d'une façon émotionnellement pertinente est de leur raconter ce qu'il vous est arrivé en essayant de leur faire ressentir les émotions que vous avez eu sur le moment.

Votre patron vous a-t-il engueulé ce matin ? Avez-vous remarqué quelque chose d'intéressant que quelqu'un a fait dans la rue ? Avez-vous eu honte devant vos collègues pendant la pause café ?

Des situations pendant lesquelles vous avez **ressenti** une émotion forte sur le coup (n'importe quelle émotion), c'est tout à fait le genre de début de conversation qu'adorent les femmes.

Vous vous rappelez que, plus tôt dans ce livre, je vous ai recommandé d'avoir au moins une vraie conversation par jour avec une femme ? Un des bénéfices que vous en retirerez sera de savoir quels sont les sujets qui fascinent les femmes. Au bout d'un moment, les sujets pertinents émotionnellement vous viendront naturellement.

Il peut être aussi utile de passer du temps avec des femmes et de voir comment elles se parlent entre elles. Vous pourrez ensuite parler d'une façon similaire. (Faites bien attention à rester viril en le faisant, pour ne pas avoir l'air d'être leur « meilleur ami gay. »)

L'Importance Du Rire

Pour les femmes, le rire crée des liens, alors vous devez les faire rire de temps à autre. Mais ne soyez pas en train de déconner sans cesse, faites plutôt de spirituelles observations ici et là.

Et, au fait, ne **jouez** pas le mec drôle, spirituel et marrant. **Soyez** ce mec. Développez votre intelligence, et entraînez-vous à faire des commentaires amusants et des observations spirituelles.

Et comprenez bien que même si quelque chose est « à peine drôle », une femme rira pour là cause du simple fait que vous avez une connexion ensemble.

Une Compétence De Flirt Que Les Filles Ont Tout Naturellement Mais Qui Fait Souvent Défaut Aux Hommes… Maîtrisez-la, Et Vous Vous Différencierez Des Autres

Allumer, taquiner. Par ces termes, je veux dire envoyer des messages troubles. Les filles allument les mecs parce qu'elles adorent ça.

Les femmes allument les mecs du regard, elles nous fixent d'un air coquin et arrêtent tout d'un coup. Elles allument avec leurs vêtements, en portant des tenues qui montrent juste ce qu'il faut, jamais trop.

L'allumage ultime est celui que font les stripteaseuses. Elles s'approchent d'un homme jusqu'à frôler ses lèvres, puis, tout à coup, se retournent et s'éloignent, pour mieux recommencer.

Le processus est simple : Elles vous excitent, puis s'éloignent, vous excitent encore, puis s'éloignent à nouveau.

Les femmes font exactement la même chose, à différents niveaux.

Elles le font car elles savent que les préliminaires commencent bien avant la chambre à coucher.

Alors, vous devez aussi allumer les femmes, parce qu'elles adorent absolument ça. Taquinez-les à propos...

- Des réponses qu'elles donnent à vos questions.
- De leur façon de s'habiller.
- De leurs caprices et de leurs manières.

Donnez-lui une claque sur les fesses si elle dit quelque chose de coquin. Jetez-lui une petite boule de papier, en lui souriant d'un air malin.

Considérez toute interaction avec une femme comme si vous étiez son grand frère et elle une amusante petite sœur. Vos relations doivent rester amusantes et joueuses.

« *Accordez Vos Émotions: Comment Faire Pour Qu'Une Femme Se Sente Détendue Et Excitée... Tout Simplement En L'Étant Vous-Même!* »

Vous avez déjà remarqué à quel point les émotions peuvent être contagieuses? Par exemple lorsque vous passez du temps avec un ami qui est déprimé. Ça ne prend en général pas longtemps avant que vous ne vous sentiez pareil.

Ou bien, n'avez-vous jamais passé la journée avec un collègue qui était de mauvaise humeur ? Vous aussi avez fini par calquer votre humeur sur la sienne, à moins que vous n'ayez fait un effort spécial pour conserver votre bonne humeur.

Le fait que les émotions soient contagieuses a des implications profondes, presque miraculeuses. Cela veut dire que la personne d'un groupe qui a les émotions les plus fortes peut contaminer toutes les autres, simplement en laissant libre cours à cette émotion. Comme pour un virus, les gens attraperont l'émotion de la personne dominante. (Qu'elle soit négative ou positive.)

Je sais que ça a l'air fou, mais des nombreuses études sérieuses ont attesté cette notion.

- Une étude s'est concentrée sur l'étude d'une conversation entre deux personnes. Au bout de quelques minutes, leurs battements de cœur se sont synchronisés. Après 15 minutes, non seulement leurs attitudes corporelles étaient devenues les mêmes, mais en plus, ils déclarèrent avoir les mêmes sensations et émotions.

- Les chercheurs ont découvert que les émotions se transmettent d'une personne à l'autre même lorsque l'interaction est totalement non-verbale. La personne la plus expressive, émotionnellement parlant, fini par influencer les émotions de l'autre, sans même lui parler.

- Lors d'une étude élargie à 70 secteurs différents, les chercheurs ont démontré que les personnes qui restaient assises dans la même salle de conférence partageaient les mêmes émotions en moins de deux heures.

- D'autres études sur le long terme ont démontré que, sur une période de plusieurs jours ou semaines, les gens qui se côtoient finissent par harmoniser leurs émotions.

Commencez-vous à entrevoir comment vous allez pouvoir tirer avantage de ce caprice de la nature humaine pour coucher avec des filles ?

Une grande partie de ce caprice vient de l'évolution humaine. Nous vivions en tribu ou en grande famille lorsque nous avons commencé notre évolution de primates supérieurs.

Pour maintenir une certaine cohésion, le groupe se référait alors aux leaders comme étant leurs guides émotionnels. Le leader remontait le moral de ses troupes, et la tribu pouvait alors se défendre contre les tigres aux dents de sabre ou les autre tribus humaines.

Je trouve cela absolument fascinant, ces recherches montrent qu'il vous suffit de penser à l'émotion (par exemple un optimiste déterminé) que vous voulez que l'autre ressente. Et ensuite, vous n'avez qu'à ressentir cette émotion aussi fort que possible.

Alors que le temps passera, l'autre personne se sentira de plus en plus optimiste. (Voyez-vous, maintenant, comment vous allez pouvoir appliquer ce phénomène avec les femmes ? Si vous n'avez pas encore compris, continuez à chercher, ça va bientôt venir !)

Des ouvrages comme Primal Leadership de Daniel Goleman (le premier homme à avoir évoqué le concept d'intelligence émotionnelle il y a quelques années) se sont concentrés sur les accordements d'émotion en matière de leadership.

Il vous faut vraiment jeter un œil à ce livre, il vous aidera vraiment à faire évoluer votre carrière. (Les études dont j'ai parlé précédemment viennent toutes de Primal Leadership.)

Mais, à quel moment cela va-t-il vous aider à baiser ? Et bien, tout ce que vous avez à faire, selon ses études, c'est de **vous sentir détendu et excité sexuellement** lorsque vous serez en train de parler avec une femme. Si vous avez une forte connexion avec elle, plus le temps passera et plus elle se sentira détendue et excitée.

C'est la clé de vos rapports de séduction avec les femmes. Soyez détendu et sexuel, et faites durer votre échange jusqu'à ce qu'elles soient dans le même état que vous. Vous voyez comme c'est facile ?

Admettons que vous alliez dans un café. Tout en vous sentant excité sexuellement, vous parlez avec cette femme de sujets neutres qui peuvent l'intéresser. L'idée, c'est de lui ouvrir une porte vers votre monde.

Connectez-vous à elle et, une fois qu'elle se sentira assez excitée, il vous suffira de mettre en place des conditions favorables à un rapport sexuel.

Les Signaux qui disent que vous lui Plaisez

Je n'ai probablement pas besoin de refaire la liste de tous ses signaux, elle se trouve dans beaucoup de guides de drague. Le fait est que si une femme reste pour parler avec vous, et qu'elle est amicale, il est évident que vous ne lui déplaisez pas complètement !

Cependant, il est toujours possible qu'elle vous apprécie seulement comme un ami (même si cela restera improbable tant que vous continuerez à contrôler votre interaction). Mon conseil ici, c'est d'apprendre par cœur la liste que j'ai conçue, pour **essayer de l'oublier ensuite.**

En effet, vous aurez tendance à vous paralyser durant les conversations si vous commencez à en analyser les moindres détails comme la façon dont elle entortille ses doigts dans ses cheveux.

Lorsque vous aurez suffisamment d'expérience avec les femmes, vous reconnaîtrez ses signaux de manière instinctive. La liste suivante ne suit pas un ordre particulier…

1. Elle vous complimente sur tout et n'importe quoi.

2. Elle a l'air nerveuse en votre compagnie. Recherchez des signes de nervosité comme de légers tremblements par exemple.

3. Elle vous taquine d'un air joueur.

4. Elle semble s'efforcer à dire qu'elle **aime** les mêmes choses que vous.

5. Elle évoque des choses que vous pourriez faire à l'avenir. « Tu aimes aussi les boutiques de frippes ? » dira-t-elle, « On devrait y aller ensemble un de ces jours ! » Ne soyez pas trop sérieux cependant. Gardez un ton joueur. « On pourrait essayer de me trouver des collants moulants violets ! » (Proposez quelque chose de drôle et d'absurde que vous pourriez faire ensemble. Tout en évoquant rien de sexuel bien sûr.)

6. Lorsque ses jambes sont croisées, prêtez attention au pied qui se retrouve en l'air. S'il est dirigé vers vous, cela veut dire que vous avez toute son attention.

7. Elle fait un effort pour continuer à alimenter la conversation lorsqu'elle s'essouffle. (De temps à autre vous pouvez tester son attirance et laissant un silence s'installer. Pour voir si elle reprend la conversation.)

8. Elle se touche le visage. Lorsque quelqu'un se touche le visage, cela veut dire qu'il ou elle pense à quelque chose. Pour être sûr qu'elle pense à quelque chose de positif, cherchez ce dernier signal combiné avec un autre de cette liste.

9. Elle vous regarde droit dans les yeux et soutient votre regard.

10. Elle vous copie. (Étant passives de nature, les femmes ont tendance à suivre l'homme qui les attire.) Essayez de voir si :

    • Elle a une posture similaire à la vôtre.
    • Elle ajuste le volume de sa voix au vôtre.
    • Elle ajuste son débit de parole au vôtre.
    • Elle accorde sa respiration à la vôtre.
    • Elle rit lorsque vous riez.

11. Elle tripote un objet cylindrique entre son pouce et son index. Ça, ça veut dire que vous lui faites un sacré effet mon gars !

12. Elle balance sa tête d'avant en arrière ou d'un côté à l'autre. Regardez ses cheveux pour vous en rendre compte.

13. Elle se touche le visage tout en vous regardant.

14. Elle balance sa chaussure au bout de son pied, voire elle la retire complètement.

15. Elle touche ses épaules et son cou du bout des doigts.

16. Elle frotte l'arrière de son crâne de la paume de la main, en faisant bouffer ses cheveux.

17. Elle joue avec ses cheveux tout en vous regardant.

18. Elle affiche un vrai sourire sur son visage, pas un sourire forcé.

19. Ses yeux brillent parce que ses pupilles sont grandes et dilatées.

20. Elle hausse les sourcils régulièrement.

21. Ses tétons se sont durcis. Difficile à dire, sauf si elle portent les vêtements adéquats.

22. Son visage est détendu. (Même si, parfois, une expression tendue peut être un bon signe, comme lorsque que vous rendez nerveuse une femme que vous attirez.)

23. Ses pupilles se dilatent (s'agrandissent) lorsqu'elle vous regarde dans les yeux.

24. Toute son attention est concentrée sur vous, même lorsqu'il y a d'autres personnes autour.

25. Elle vous touche lorsqu'elle vous parle, même si c'est « accidentel ». Les femmes sont souvent très conscientes de leurs corps, alors, ce sont rarement des accidents lorsqu'elles vous touchent. Remarquez si elle vous touche le bras pour marquer un détail ou si elle frotte son pied contre le vôtre lorsqu'elle rit d'une de vos blagues.

26. Elle rit de vos commentaires comme s'ils étaient la chose la plus drôle qu'elle ait jamais entendue, même s'ils ne sont qu'à moitié amusants.

27. Elle montre sa langue, en touchant ses dents de devants avec, ou en se léchant les lèvres.

28. Le corps tourné dans votre direction, elle se redresse tout à coup, les bras en extension et les seins en avant.

29. Elle a les paumes des mains tournées vers vous. Les paumes ouvertes signifient qu'elle se sent à l'aise avec vous.

30. Elle se frotte les poignets ou joue avec son bracelet.

31. Elle rougit. (Ceci peut être un signal d'excitation sexuelle qui s'avérera très utile. Vous saurez qu'il est temps pour vous de sortir votre « excuse innocente » pour que vous vous rendiez chez vous ou chez elle.)

32. Elle se touche le lobe des oreilles ou joue avec ses boucles d'oreilles.

33. Elle vous pose des questions personnelles. Il ne s'agira pas de questions superficielles qu'elle pourrait poser à tout le monde (« Tu viens d'où ? »), mais de questions destinées à découvrir votre vraie personnalité («

Quelles sont tes passions ? »)

Exercice Facile Pour Mâle Dominant – Anticipez les questions plus profondes. Préparez de bonnes réponses. Voici une liste de questions dont vous devriez préparer les réponses. (Et, au fait, ce sont aussi de très bonnes questions à poser à une femme.)
- Qu'est-ce que tu veux dans la vie ? Quels sont tes buts ?
- Qu'est-ce que tu aimes faire pour le plaisir ?
- Quel a été le moment le plus embarrassant de ta vie ?
- Qu'est-ce que les autres ne devinent jamais chez toi ?

34. Elle vous parle avec enthousiasme.

35. Sa voix baisse d'un ton ou deux.

36. Elle rentre son haut dans son pantalon ou sa jupe.

Voici maintenant une liste de signaux corporels qui doivent vous faire comprendre que vous ne l'**intéressez pas.**

La plupart du temps, ses signaux sont inconscients ; elle n'y pense même pas. Parfois par contre, certaines femmes peuvent les exagérer pour vous donner un indice.

Souvenez-vous qu'il vous faut constater la présence de plusieurs de ces signaux avant d'en tirer une conclusion. Il peut arriver qu'une personne croise les bras parce qu'elle a froid et non pas parce qu'elle est mal à l'aise.

1. Une poignée de main molle.

2. Elle vous évite du regard, particulièrement lorsque vous parlez.

3. Elle ne fait pas d'effort pour alimenter la conversation. Elle

répond à vos questions d'un seul mot.

4. Elle a les bras croisés devant la poitrine.

5. Elle a les jambes croisées au niveau des chevilles.

6. Elle se gratte le nez en permanence. Lorsqu'une personne est mal à l'aise, le sang afflue vers son nez qui commence à le, ou la, gratter.

7. Lorsque vous tournez votre corps face à elle, elle se penche en arrière, s'éloigne de vous.

8. Elle vous parle sans enthousiasme.

9. Elle a un ton neutre.

Il vous faut maintenant oublier ces signaux-ci également. À de multiples occasions, des femmes m'ont envoyé des signaux de rejet, et pourtant, j'ai fini par coucher avec elles à force de persistance. La persistance est une caractéristique qui, même lorsque vous aurez foiré tout le reste, pourra vous emmener dans leurs lits. Alors, attendez plutôt qu'elle vous **verbalise** ce rejet au lieu d'essayer de deviner le sens de ses signaux.

À présent je vais vous rendre la tâche beaucoup plus simple. Vous devez toujours partir du principe qu'elle est attirée par vous. Une grande partie des relations humaines est ce que nous décidons qu'elles seront. Utilisez-le à votre avantage.

- Si vous êtes intimement persuadé qu'il est « évident que vous lui plaisez » alors, elle sera influencée par cette conviction.

Pourquoi il Vous Faut Partir du Principe qu'il y a attirance.

Un certain nombre de conseils de drague que vous

trouverez sur Internet vous donneront diverses tactiques pour plaire aux femmes. Par exemple, de raconter des histoires drôles que vous aurez apprises par cœur pour les faire rire, et ainsi de suite.

Le problème de ce genre de conseils, qui sont censés vous rendre attirant aux yeux des femmes, c'est qu'ils ont été conçus dans un état d'esprit de mâle dominé. **Si vous êtes toujours en train d'essayer de dire exactement ce qu'il faut à une femme, alors vous êtes en train de chercher son approbation.**

Le fait est que, si vous avez le bon langage corporel, une forte confiance en vous, une bonne apparence physique et une vie intéressante, vous deviendrez automatiquement plus attirant pour les femmes que 95% des autres mecs. (Et, ne vous y trompez pas... si vous êtes dans les 5% des mecs les plus attirants, toutes les femmes non frigides vous trouveront baisable.)

Si vous partez du principe qu'il y a attirance, alors vous ne pourrez jamais faire d'erreur de comportement.

Par exemple, lorsqu'une femme fait sa maligne en vous posant une question destinée à vous sécher du genre, « Qu'est-ce qui t'a donné envie de me parler? » ou « Est-ce que tu dis ce genre de truc à toutes les filles ? », la meilleure chose à faire est de ne pas chercher à donner la bonne réponse.

Au contraire, la meilleure façon de réagir est l'indifférence. De cette façon vous gardez le contrôle de l'interaction. (Dès lors que vous vous préoccupez de ce que pense une femme, vous lui donner ce contrôle.)

Il n'est jamais bon de penser que vous avez le devoir de divertir une femme. En fait, c'est même une pensée typique de mâle dominé.

Lorsque vous parlez à une femme, il vous faut **interagir** avec elle. Testez-la pour vous assurer qu'elle est à même de parler avec vous. Un tel état d'esprit fait de vous un mâle dominant.

Tout en partant du principe que vous lui plaisez, la chose la plus importante pour gardez le contrôle de l'interaction est d'**être prêt à partir et à la quitter à tout moment.**

Bien que j'aie insisté sur la nécessité d'être persistant jusqu'à être rejeté ou à coucher avec elle, il est parfois bon d'être le premier à se désintéresser de l'autre (si c'est une fille qui ne vous plait pas), pour le simple fait de savoir que cela vous est possible.

Le fait d'être toujours prêt à partir vous permet de rester un **défi** pour les femmes. Lorsqu'elles voient un mec comme étant un défi, il garde un intérêt à leurs yeux. Cela veut dire qu'il lui faudra faire des efforts pour lui, et que sa récompense sera d'avoir gagné l'affection de cet homme.

Si vous êtes une « évidence » pour une fille, cela entraînera une baisse de son attirance pour vous. Alors, si vous partez simplement du principe que vous lui plaisez, cela vous assurera qu'elle pensera être plus attirée par vous que vous par elle.

Votre Comportement

Étant donné que vous serez excité sexuellement et que vous voudrez qu'elle ressente la même chose, il vous faudra **vous asseoir aussi près d'elle que possible.** D'après l'anthropologiste Edward Hall, de simples amis se tiennent l'un de l'autre à une distance de 40 cm ou plus. Les personnes qui ont une relation intime se tiennent, eux, à une distance moindre.

Si vous voulez créer la dynamique d'une relation intime lors d'un rendez-vous avec une femme, il vous faudra conserver une faible distance entre elle et vous. **Essayez de toujours**

rester à une distance de moins de 40 cm.

Alors que vous établirez une dynamique selon laquelle vous vous tiendrez chacun dans l'espace personnel de l'autre, **il faudra également que vous soyez tous deux à l'aise avec le fait de vous toucher.**

Même si vous ne la toucherez évidemment que pour d'innocentes raisons , les études sur la communication humaine ont montré qu'une personne est, en général, plus à même d'accepter de se faire toucher par quelqu'un pour qui elle a une certaine affection.

Donc, en touchant une femme, vous :

1) Déclenchez une réaction dans son cerveau qui lui fait se dire, « J'aime bien ce mec ! »
2) La testez pour savoir si elle vaut la peine de persévérer.

Si elle réagit d'une manière négative, alors vous saurez que vous perdez votre temps avec elle.

Une caractéristique des mâles dominants, c'est qu'ils se sentent libres de toucher les autres personnes. Donc, en la touchant librement, vous lui communiquez, d'une façon non-verbale, que vous êtes un mâle dominant qui est à l'aise avec les femmes.

Après tout, seul un homme vraiment confiant peut être détendu alors qu'il est en train de toucher une femme.

Touchez-la comme si cela était tout naturel, comme si cela n'avait pas grande importance. Si elle sent que cela ne vous est pas naturel (comme, par exemple, si vous regardez votre main alors que vous êtes en train de la toucher), alors la dynamique deviendra celle selon laquelle vous êtes en train d'**essayer** de coucher avec elle. Elle se mettra alors sur la défensive et se sentira mal à l'aise.

Lorsque vous êtes dans un lieu public avec elle, voici comment il vous faut procéder :

1) **Toucher sa main.**

Vous pouvez le faire d'une façon amusante et proposant un combat de pouces. Si vous ne savez pas comment faire, vous pouvez regarder le film *True Lies* ou Arnold Scharzenegger dit à Jamie Lee Curtis : « un, deux, trois, je déclare la guerre des pouces. »

Une fois que l'idée sera lancée que vous toucher peut être amusant, vous pourrez lui toucher la main à d'autres moments, lorsque vous voudrez voir de plus près la très jolie bague qu'elle porte par exemple.

2) **Toucher son poignet.**

Vous pouvez le faire en remarquant son bracelet ou sa montre par exemple. Vous lui toucherez le poignet pour mieux la voir.

3) **Toucher son avant-bras.**

Touchez-le pour accentuer un détail de votre conversation.

4) **Toucher son bras.**

Faites-le lorsque vous lui dites quelque chose à laquelle vous venez tout juste de penser.

5) **Toucher l'arrière de sa tête.**

Faites-le lorsque vous lui murmurez un amusant secret à l'oreille.

(À ce moment-là, vous devriez être tous deux assez à l'aise pour vous toucher pour que vous puissiez également lui tenir la main.)

6) **Toucher le creux de ses reins (le bas du dos).**

Vous toucherez cet endroit lorsque vous vous lèverez ensemble pour sortir de l'endroit où a eu lieu votre rendez-vous.

La chose la plus importante de ce processus tout entier, au cas où je ne l'aurais pas encore assez dit, c'est d'être détendu. Asseyez-vous d'une manière détendue et ouverte.

Pour rester détendu, dites-vous que l'interaction avec cette femme n'a aucune espèce d'importance.

Lorsque vous lui parlez, vous êtes simplement en train de passer du temps avec elle, pour mieux la connaître et établir une connexion, avant d'avoir une « connexion » plus physique avec elle.

Regardez-la dans les yeux lorsque vous êtes en train de parler. Votre regard doit être doux et sexuel.

Parlez d'une voix douce, comme si vous sortiez avec elle depuis un an et que vous vous sentiez totalement à l'aise avec elle… En d'autres termes, parlez-lui d'une voix douce, profonde et sexuelle.

Utilisez La Puissante « Technique du Copinage »

Je m'apprête maintenant à vous révéler une importante technique servant à renforcer votre confiance que vous ne trouverez nulle part ailleurs. Je l'ai appelée la technique du « copinage ». En un mot, il s'agit de faire quelque chose qui n'est en général fait **que** par le copain d'une fille.

Si vous le faites également, cela vous permettra de ne pas réveiller les soupçons d'une femme et de la faire se sentir assez à l'aise pour pouvoir coucher avec vous sans vous faire attendre.

Voyez-vous, pour qu'une femme puisse coucher avec un homme, il lui faut habituellement se sentir à l'aise et en confiance. La simple attirance qu'elle pourrait avoir pour l'homme en question n'est pas suffisante.

Admettons que vous rencontriez une fille à 17h, pendant l'happy hour. Vous vous entendez très bien et vous avez une super conversation. Elle rit. Elle s'intéresse à vous. Vous lui racontez de fascinantes histoires sur votre vie. Vous avez un très bon échange avec elle.

Vers 19h30, vous avez faim et vous l'invitez à aller manger quelque chose. Le repas se passe bien. Le repas se termine. Et maintenant ?

À ce moment-là, beaucoup d'hommes ne savent pas quoi faire pour mener l'interaction où il le veulent. Clairement, leur but est de coucher avec cette fille, mais le chemin pour y parvenir semble confus.

Habituellement, la soirée se termine lorsque la fille dit, « C'était super de te rencontrer. On s'appelle. Ciao ! »

Souvent, ce **besoin d'être à l'aise** est la raison qui pousse les femmes à faire attendre les hommes pour le sexe.

(Si ce mec a de la chance, il lui suffira de trois rendez-vous, mais, avec la plupart des femmes, il lui faudra attendre des mois comme je l'ai expliqué précédemment.)

Heureusement, il existe un moyen de court-circuiter cette barrière. Je l'appelle **« la Technique du Copinage »**.

Si vous observez des couples qui sont ensemble depuis longtemps, vous remarquerez un intéressant phénomène.

L'homme et la femme sont très à l'aise lorsqu'il s'agit de se toucher, à tel point qu'ils peuvent faire des choses qui pourraient paraître dégueulasses, comme de s'enlever mutuellement les croûtes au coin des yeux.

C'est un comportement qui ne peut s'observer que chez les gens qui sont complètement à l'aise l'un avec l'autre. Il est certain que lorsque vous êtes dans une relation où vous pouvez gratter les croûtes des yeux de votre compagne, cela veut dire que vous avez dépassé depuis longtemps le fait d'être à l'aise lorsque vous couchez ensemble.

Vous voyez où je veux en venir ? Vous pouvez utiliser ceci comme une arme psychologique qui fera une fille se sentira plus à l'aise avec vous.

En plein milieu de la conversation, dites-lui de ne plus bouger et de fermer les yeux. Faites lui croire qu'elle a une croûte au coin de l'œil et que vous l'avez enlevée.

Plus tard, alors que vous aurez fini votre repas ensemble, demandez-lui à nouveau de ne plus bouger. Du bout du doigt, vous enlèverez une miette imaginaire du coin de sa lèvre inférieure.

Les résultats de cette Technique du Copinage sont énormes.

Premièrement, cela lui donne l'impression que vous êtes complètement à l'aise l'un avec l'autre.

Deuxièmement, cela vous demande de lui toucher le visage, vous vous habituez ainsi tous deux à être très rapprochés, très utile en vue du moment où vous vous embrasserez.

Troisièmement, lorsque vous toucherez sa lèvre inférieure, vous serez en fait en train de toucher une zone très érogène. La lèvre inférieure d'une femme présente en effet une très grande concentration de terminaisons nerveuses. La stimulation de cette partie de ce corps entraîne une production involontaire d'hormones sexuelles de sa part.

Ajoutez la technique du copinage à votre arsenal et vous aurez plus de succès que jamais auparavant. Vous serez un mâle dominant qui baise tout de suite et n'a pas à attendre plusieurs mois comme les autres mecs.

Comment Savoir Quand C'est Le Bon Moment Pour Saisir L'Opportunité et Vous Retrouver Seul Avec Elle.

Lorsqu'une femme se sent à l'aise avec vous et que vous avez un échange facile ensemble, elle commencera à se sentir de plus en plus excitée sexuellement. Observez-la devenir graduellement de plus en plus chaude à votre égard.

Apprenez à reconnaître les huit signaux silencieux qui veulent dire, « Je veux que tu me prennes maintenant ! »:

1) Elle regarde votre bouche avant de regarder à nouveau vos yeux.

2) Ses yeux sont humides et brillants.

3) Elle se touche la bouche.

4) Elle se frotte le cou.

5) La peau de son visage alterne entre périodes où elle rougit et périodes où elle pâlit.

6) Ses yeux se promènent jusqu'à votre entrejambe.

7) Elle repasse de la main les plis de sa jupe ou de son pantalon.

8) Elle vous regarde comme une morte de faim.

À présent, ce que vous avez tous les deux en tête doit être assez évident. Il est temps de la faire sortir du lieu où s'est déroulé votre rendez-vous (café, restau, bar,etc.) et de l'emmener dans un endroit où vous pourrez être seuls.

Il ne vous faut cependant surtout pas dire : « Allons baiser ! » lors d'un premier rendez-vous, le meilleur moyen de faire oublier à une fille qu'elle est excitée sexuellement c'est précisément de verbaliser votre désir sexuel pour elle.

Au contraire, il vous faut dire quelque chose d'innocent et de non-sexuel qui implique que vous soyez seuls tous les deux. Voici quelques exemples qui ont très bien fonctionné pour moi :

- « Tu sais, je trouve ça génial que tu aies la collection complète des CDs de Prince. Je n'ai pas beaucoup de temps devant moi, mais j'adorerais passer chez toi pour écouter un morceau ou deux. »

- « J'ai besoin de passer chez moi en vitesse pour aller promener mon chien. Ça serait super que tu viennes avec moi parce que j'adorerais que tu le rencontre. »

- « Je n'ai que quelques minutes devant moi, mais j'aimerais beaucoup voir comment fonctionne l'aspirateur-robot dont tu m'as parlé. »

Si une femme se sent assez excitée, et qu'elle se sent à l'aise et en sécurité avec vous, elle acceptera d'aller quelque part seule avec vous. Habituellement cela se fera soit chez elle, soit chez vous. En général, les femmes se sentent plus à l'aise chez elles, alors ne choisissez d'aller chez vous que si son logement est inaccessible (si ses colocataires sont à la maison par exemple).

L'excuse que vous utiliserez pour vous retrouver seul avec elle n'a pas d'importance. J'aime, pour ma part, évoquer de fausses limitations de temps (« je n'ai que quelques minutes ») pour prévenir les objections qu'elle pourrait avoir.

De plus, vous avez une excuse **innocente** et valable pour avoir besoin d'être seul avec elle (« Tu vas adorer ma collection de timbres »).

La clé du succès réside dans le fait qu'il ne faut pas qu'elle ait le temps de faire une pause et de réfléchir, parce que sinon elle commencera à avoir des doutes (« C'est trop tôt. »). Au contraire, ce que vous voulez c'est la conserver dans un état émotif **soutenu** tout en **apaisant** la partie logique de son cerveau. Ses émotions se manifestent car vous lui faites tourner la tête. Son esprit logique est apaisé parce que vous avez une explication innocente au fait de la ramener chez vous.

En chemin vers le lieu où vous pourrez être seuls, vous continuerez, idéalement, à la faire parler et la maintiendrez ainsi dans son état d'excitation sexuelle. Il ne faut pas qu'elle ait du temps pour penser à ce qu'elle est en train de faire ou pour appeler une amie qui la dissuadera de vous suivre.

Pour cette raison, je préfère emmener mes rencards dans un café à côté de chez elles si c'est possible. Si ça n'est pas possible, je leur demande de me retrouver dans un café qui se trouve à quelques minutes à pied de chez moi. Je peux ainsi leur tenir la main lorsque nous nous rendons chez moi « pour quelques minutes ».

Chapitre 19 : Comment Faire Pour Qu'une Femme Se Sente Suffisamment à l'Aise et Excitée Pour Coucher Avec Vous

Vous voulez qu'elle ait l'impression que tout c'est passé de façon spontanée. Après tout, elle n'était venue chez que pour quelques minutes n'est-ce pas ?

Comme je l'ai expliqué plus tôt, que vous alliez chez elle ou chez vous, il vous faut continuer la conversation coûte que coûte. Que vous soyez en voiture dans un parking ou devant chez elle, vous devez continuer à discuter.

Lorsque vous passez la porte, continuez à lui parler. De cette manière, vous préservez son état émotionnel.

Ne laissez pas le silence s'installer ou elle commencera à réfléchir. Et lorsqu'elle envisagera la situation, la logique pourrait l'emporter sur l'émotion. Si cela devait arriver, vous entendriez alors les mots si redoutés : « Je dois y aller. »

À présent, il faut qu'elle se sente à l'aise avec l'idée que vous êtes seuls et isolés tous les deux.

Si vous êtes chez elle, extasiez-vous devant sa collection de livres ou de DVDs. Si vous êtes chez vous, montrez-lui tous les trucs cool et intéressants que vous possédez.

Vous avez des trucs cool chez vous, n'est-ce pas ? Si ça n'est pas le cas, achetez-en ! N'importe quoi qui puisse fournir un sujet de conversation est bon à prendre :

- Des livres que vous avez ramenés de vos divers voyages.

- Un tableau peint par votre tante.

- Des magazines intéressants (Il est nécessaire d'en avoir quelques-uns d'intéressants dont vous puissiez discuter, par exemple *Ça m'intéresse* ou *Télérama,* pas *FHM* ou *Playboy* !)

- Des plantes. Choisissez-les belles et faciles à entretenir.

Votre appartement doit être propre. Pas nécessairement impeccable en tout point, mais au moins assez propre pour ne pas risquer une amende d'une inspection sanitaire.

Il est préférable d'avoir des peintures aux murs plutôt que des posters. Soyez sûr que vos draps sont propres. Essayez d'avoir des meubles présentables. Passez l'aspirateur ou le balai. Faites la vaisselle.

Alors que vous lui ferez visiter l'endroit, vous pourrez ainsi parler sans crainte de chaque pièce.

Exercice Facile Pour Mâle Dominant: Promenez-vous dans votre appartement et pensez à un ou deux sujets de conversations relatifs à chaque pièce. Par exemple : « Tu ne devineras jamais où j'ai eu cette sculpture dans le coin là-bas. »

Un ami m'a donné un bon conseil en ce qui concerne la chambre à coucher – c'est simple, vous devez éviter de l'appeler « chambre à coucher. » Pourquoi ? Parce que le mot « chambre à coucher » va déclencher la partie de son cerveau qui a été programmé par nos sociétés puritaines pour dire « Oh oh ! Alerte au pervers ! »

Il vous suffit de lui donner un autre nom. Mon ami appelle sa chambre à coucher sa « pièce de méditation ».

J'ai commencé à l'appeler ainsi aussi (vous pouvez même esquisser un sourire discret en l'appelant ainsi, ça la fera sûrement rire un peu), et raconte maintenant à mes rencards que j'aime parfois m'enfermer dans cette pièce pour m'y recueillir en silence.

J'adore dire : « Regarde mon album photo, j'ai de super photos de mes vacances au bla-bla », et nous nous installons ensuite, côte à côte sur mon canapé, pour regarder mes photos. Encore une fois, voici une raison « innocente » pour que vous vous retrouviez assis l'un à côté de l'autre.

Les films sont géniaux. Ils vous donnent une heure et demie pendant laquelle son humeur sexuelle augmentera. Alors, si vous le pouvez, mettez un film.

Vous pouvez choisir n'importe quel genre de film. Cependant, mon expérience m'a montré que les comédies légères du genre *S.O.S Fantômes* étaient le meilleur choix.

Et au fait, *S.O.S Fantômes* est un super film à regarder avec une fille que vous venez de ramener à la maison car :

1) Pratiquement tout le monde a de supers souvenirs d'enfance liés à ce film, et ne l'a pas vu depuis longtemps.

2) Ce film contient **beaucoup** de sous-entendus à caractère sexuel.

Un des meilleurs préambules possibles au sexe est la position standard du « baiser »
sur canapé. Vous êtes assis côte à côte et votre bras est étendu derrière elle sur le haut du canapé.

Laissez passer un peu de temps. Sexuellement parlant, une femme est pareille à un fer à repasser. Elle chauffe lentement. Un homme, au contraire, peut pratiquement être excité une seconde et ne plus l'être la suivante, comme une lampe qu'on allumerait puis éteindrait.

Il vous faut donc la laisser se chauffer lentement, passer graduellement d'une étape à la suivante. Faites attention à ne pas aller plus vite qu'elle ne le peut, ou il est possible que rien ne se passe plus.

À un moment, touchez légèrement son épaule de la main et retirez-la tout de suite après. Un peu plus tard, touchez-la à nouveau, mais plus fermement cette fois-ci. Si vous l'intéressez, elle viendra se blottir contre vous.

Si elle ne se blottit pas, ne soyez pas déçu.

Au contraire, soyez relax et cool. Retirez votre bras de façon à ce qu'il ne la touche plus (tout en le laissant derrière elle sur le canapé) et réessayez plus tard. Il est possible qu'alors, son excitation sera telle qu'elle mourra d'envie de sentir votre bras autour d'elle.

Tenez-lui la main. Passez votre bras autour d'elle. Caressez ses doux cheveux, entortillez-les autour de vos doigts avec délice. Respirez sensuellement leur odeur.

Faites toutes les choses que vous avez déjà fait ensemble jusqu'à présent. (Si vous lui avez tenu la main, faites-le de nouveau.)

Gardez en tête (et tirez-en avantage) que les parties suivantes de son corps... bien qu'étant... « tous publics »... sont en réalité des zones érogènes.

1. **Ses cheveux.** De loin la meilleure façon d'exciter une femme : toucher ses cheveux.

2. Touchez son **crâne** également, c'est une zone très érogène.

3. **L'intérieur de ses coudes.** Le contact du bout de vos doigts la fera frissonner.

4. **La peau entre ses doigts.** La meilleure façon de lui tenir la main est d'entrecroiser vos doigts avec les siens.

5. **Ses oreilles.** Alors que vous vous approchez d'elle pour l'embrasser, soufflez doucement dans ses oreilles. Touchez les contours de ses oreilles et leurs lobes du bout de vos doigts.

6. **Ses épaules.**

7. **Ses pieds**

8. **Ses orteils.**

Touchez-la dans tous les endroits précédemment indiqués, et elle son excitation augmentera significativement.

Alors que l'excitation montera graduellement, approchez votre visage de ses cheveux et dites : « Mmmm, j'adore l'odeur de tes cheveux ! »

Votre échange devenant de plus en plus chaud, bien après que vous ayez passé votre bras autour d'elle, vous vous retrouverez à vous regarder les yeux dans les yeux, peut-être avec vos bouches légèrement ouvertes. À ce moment-là, venez très doucement caresser sa lèvre inférieure avec la vôtre, et laissez-la succomber à un baiser avec vous.

Continuez à l'embrasser, ne collez pas votre langue dans sa bouche. Attendez qu'elle commence à utiliser sa langue, et répondez-lui. Très bientôt, vous serez tous deux en train de vous embrasser passionnément.

La Technique « Donne Une Note »

Vous sentez-vous trop nerveux pour essayer d'embrasser une fille de la façon si directe que je viens d'expliquer ? Dans ce cas, vous pouvez également tenter de le mentionner de façon indirecte, en utilisant la technique que j'appelle « Donne Une Note ».

Voici comment cette technique fonctionne. Lorsque vous sentez que le moment est venu de l'embrasser, vous lui dites, « quelle note donnerais-tu à tes baisers de 1 à 10 ? »

Elle répondra peut-être, ou peut-être pas, mais à ce moment-là, dans plus de 95% des cas, une femme ouvrira la bouche et tout ce qu'il vous restera à faire sera d'approcher vos lèvres des siennes pour l'embrasser.

Le Signe Non-Verbal Qui Vous Hurle : « EMBRASSE-MOI! »

Au lieu de cette technique, vous pouvez aussi rechercher LE signe non-verbal qui dira, « Embrasse-moi maintenant, homme de mes rêves! »

Cette technique en deux mots est la suivante...

Alors que vous êtes en train d'approcher votre visage et vos lèvres des siennes (après avoir déjà respirer l'odeur de ses cheveux et ainsi de suite.), essayez de remarquer si elle est en train d'entrouvrir sa bouche. Habituellement, une femme fermera les yeux en même temps, mais pas toujours.

Tout en continuant à vous approcher, concentrez-vous sur le fait de ne pas l'embrasser, vous devez seulement légèrement frotter vos lèvres contre les siennes. Faites-moi confiance, elle va fondre et vous vous retrouverez bientôt en train de l'embrasser complètement.

Embrassez-vous pendant un moment, lentement. Gardez la bouche ouverte. Attendez sa langue. Une fois que sa langue est entrée dans votre bouche, imitez-la.

La Chose La Plus Importante À Connaître En Termes De Baisers

Un baiser est en cela différent des autres pratiques sexuelles qu'il vous faut **lui laisser les commandes.** Pour ce qui est des activités comme l'emmener dîner dehors ou la pénétrer, vous devez prendre les commandes, pas lorsque vous vous embrassez.

Une des choses qui refroidissent le plus les femmes, c'est lorsqu'un mec leur enfourne sa langue dans la bouche avant qu'elles ne soient prêtes. Alors, lorsque vous l'embrassez, détendez-vous et imitez ce qu'elle fait.

La Méthode « Dominante » Pour Passer du Premier Baiser à la Victoire Finale

À présent, non seulement vous êtes en train de l'embrasser, mais vous la tenez aussi dans vos bras et pouvez ainsi toucher toutes les différentes parties de son dos.

Souvenez-vous qu'il vous faut progresser doucement. Normalement le processus entier doit prendre plusieurs heures entre le moment du rendez-vous et le moment du sexe.

Retirez-lui lentement son haut. Déboutonnez un bouton, et recommencez à l'embrasser. Pensez « Un pas en avant, deux pas en arrière ». Déboutonnez un second bouton et puis recommencez à lui masser la main en respirant l'odeur de son cou. Caressez ensuite ses cheveux.

Maintenant, caressez doucement son ventre, puis revenez en arrière à une étape que vous avez déjà franchie, comme l'embrasser avec la langue par exemple.

Touchez-lui doucement les seins, lentement. Frôlez-les de la paume de votre main, puis recommencez à faire autre chose, lui caresser le ventre par exemple.

Elle devrait à présent avoir entièrement retiré son haut et être en soutien-gorge. Très doucement, vous allez glisser vos mains sous le soutien-gorge.

Une fois que vous vous êtes habitué à caresser ses seins, retirez-lui le soutien-gorge. Ensuite, après être revenu à une étape antérieure (l'embrassez, etc.), commencez à lui embrassez les seins et les tétons.

Une fois que vous êtes arrivés à la 2e base (lui embrasser les seins), votre but est la 3e base (le cunnilingus). Avec la plupart des femmes, une fois que vous avez réussi à glisser votre langue dans leur sexe, vous êtes pratiquement assuré de pouvoir y glisser votre pénis également.

Un grand nombre de femmes sont conscientes de ce fait, elles feront alors semblant de résister après s'être laissé caresser le clitoris du bout du doigt, juste avant que vous ne commenciez à leur lécher la chatte.

Un de mes amis tombeurs m'a confié la technique qu'il utilise face à ce problème. Je l'ai testée et, elle fonctionne. Il dit à la fille qu'il « n'arrive pas à bander ce soir » et lui montrant son pénis tout flasque. « Tu vois bien. Tout ce que je veux faire c'est te lécher », dit-il.

Alors, pendant qu'il la lèche, il se caresse le sexe pour commencer à bander. À ce moment-là, car elle aura été conduite si proche de l'orgasme grâce au cunnilingus, elle le suppliera pratiquement de lui faire l'amour. Et il ne s'en privera pas!

Ceci nous amène au problème qui consiste à réussir à dépasser la feinte résistance d'une femme. Parfois, lorsque vous allez trop vite dans les préliminaires, elle vous dira des choses comme : « On ne devrait pas faire ça » ou « Je ne veux pas aller trop loin ce soir ».

De nombreux mecs foirent tout à ce moment-là en se fâchant et en essayant d'argumenter avec elle. Il est important de ne pas tomber dans ce piège. Au contraire, désarmez-la en disant quelque chose comme :

- « Tu as raison, on ne devrait pas faire ça. »
- « Ok, on n'ira pas trop loin. C'était déjà très agréable de faire ce que nous étions en train de faire, on en restera là. »
- « Moi aussi j'ai des limites. »
- « Tu as raison, on ne devrait pas prendre autant de plaisir le premier soir. »

Une fois que vous l'avez désarmée verbalement en étant d'accord avec elle, recommencez à faire ce que vous avez déjà fait avec elle avant (l'embrasser, la caresser), et continuez à escalader tout doucement.

Si vous allez assez doucement et que vous persistez, alors, l'une après l'autre, ses barrières vont tomber.

Admettons, par exemple, que son haut ait été retiré mais qu'elle ait toujours son soutien-gorge et que vous ayez massé ses seins à travers le tissu. Alors que vous commencez à dégrafer son soutien-gorge, elle vous dit : « C'est trop pour un premier soir. »

Vous répliquez : « Tu as raison, c'est trop. On n'a qu'à continuer ce que nous avons fait jusqu'à maintenant et nous en resterons là. »

À ce moment-là il vous faut rétrograder de quelques étapes. Massez-lui le creux des reins, caressez ses cheveux, embrassez-la, serrez-la contre vous.

Continuez à progresser, et ensuite, alors que vous serez à nouveau en train de masser ses seins à travers son soutien-gorge, faites-le sensuellement, doucement, et pendant si longtemps qu'elle n'opposera aucune résistance lorsque vous le lui enlèverez finalement.

Et au fait, en ce qui concerne la vraie pénétration, soyez sûr de savoir faire la différence entre résistance feinte et résistance réelle. Lorsqu'une femme dit « Non ! », vous devez arrêter de faire ce que vous êtes en train de faire. Si vous obligez une femme à avoir un rapport sexuel, alors vous commettez viol et cela fait de vous un criminel. Alors, arrêtez-vous lorsqu'elle dit non, mais, d'un autre côté, continuez à insister jusqu'à ce que vous couchiez avec elle ou jusqu'à ce qu'elle vous demande **sérieusement** de vous arrêter.

Mais, en aucun cas, ne soyez trop trouillard pour la laisser prendre les commandes. (Vous êtes l'homme, vous êtes censé être actif et elle, passive.) Faites en sorte de toujours diriger l'interaction. Soyez persistant. Je ne saurais vous dire combien de fois j'ai entendu une femme me dire : « Je n'étais pas sûre qu'on coucherait ensemble, mais tu as été si persistant… Et, je suis contente que tu l'aies été ! »

Également, il vous faire très attention aux préservatifs. La vue d'un emballage Durex dans votre main, peut faire changer d'avis une femme en activant la portion de son cerveau qui a été entraîné à penser que le sexe c'est « mal ».

Il est important d'utiliser des préservatifs cependant, pour vous protéger des maladies et des grossesses non désirées. Il vous faut mettre le préservatif rapidement, sans en faire une histoire, et sans qu'elle vous voie le faire si possible.

Pour ma part, je mets le préservatif pendant que je suis en train de la lécher (elle est trop distraite pour s'occuper de ce que je fais de mes mains), une fois qu'elle est prête à se laisser pénétrer, tout se passe sans problème.

Et au fait... Si vous également prêt à vous améliorer sexuellement parlant, je suis l'auteur d'un manuel à ce sujet qui s'intitule : <u>How to Be Her Best Lover Ever</u> (Comment être le meilleur amant qu'elle ait connu.)

Il n'est disponible pour l'instant qu'en anglais, mais vous pouvez aller y jeter un œil à l'adresse suivante: <u>http://HerBestLover.com</u>

CHAPITRE 20 : Le Lendemain Matin

Pour éviter à une femme de se sentir assaillie du remords de l'acheteur, il vous faut lui téléphoner après une nuit de passion.

Par remords de l'acheteur, j'entends ce sentiment désagréable que vous avez lorsque vous venez de vous faire arnaquer par un vendeur d'électroménager en payant 200 Euros pour une garantie que vous n'utiliserez jamais. De nombreuses femmes ressentent ça lorsqu'elles ont l'impression d'avoir été utilisées pour un coup d'un soir. Elles se sentent coupables.

Très souvent, ce que veulent vraiment les femmes, ce sont des coups d'un soir. Bien qu'elles s'en défendent très bien, en prétendant que seuls les hommes s'intéressent à de telles choses, mon expérience m'a montré que les femmes adorent en fait les baises sans conséquences, peut-être même encore plus que nous les hommes. On m'a utilisé pour coucher avec moi tellement de fois que ça n'est même plus drôle. (Ça sera votre cas à vous aussi !)

Pourquoi ? Parce que les femmes s'investissent énormément, émotionnellement parlant, dans leurs relations. Alors, lorsqu'elles tombent sur une occasion pour une baise sans attaches, sans conséquence sociales, elles ne disent, en général, pas non.

C'est à vous, le lendemain, de décider de ce que vous voulez. Si vous voulez poursuivre votre relation avec cette femme, alors le fait d'avoir eu une nuit d'amour passionnée avec elle dès le premier soir est le meilleur point de départ possible. Cela met en place une dynamique selon laquelle les relations sexuelles font partie de votre relation et que vous en avez souvent.

Personnellement, je suis un grand fan des relations qui durent. J'ai des exigences et je refuse de coucher avec n'importe quelle femme. Et, lorsque je décide de coucher avec une femme qui remplit ses exigences, pourquoi ne coucher avec elle qu'une seule fois ? Pourquoi ne pas **continuer** à coucher avec elle ?

Si vous ne voulez pas d'une relation sérieuse avec elle, vous pouvez toujours installer une relation de « Copains de baise » entre elle et vous.

Pour y parvenir avec succès, il vous faut vous assurer de ne jamais la voir plus d'une fois par semaine, cela lui évitera de vous considérer comme autre chose qu'un partenaire sexuel. Si vous vous voyez plus d'une fois par semaine, elle commencera à vous considérer comme un petit ami potentiel.

Dans l'étrange éventualité où vous ne voudriez plus jamais la revoir (le sexe était peut-être terriblement mauvais ?), ayez au moins la décence de l'appeler pour prendre de ses nouvelles.

CHAPITRE 21 : Installer sa Dominance dans un Groupe

De nombreuses autres méthodes de séduction proposent de draguer les femmes en groupe (en fait, certaines méthodes à utiliser en boîtes de nuit sont *basées* sur les groupes).

Je ne discute pas beaucoup du fait d'être en groupe dans ce livre, parce qu'en définitive (selon moi), vous ne devriez être en présence des amies d'une fille qu'APRÈS l'avoir baisée. À partir de là, tant que vous restez cool, vous n'avez à vous préoccuper de rien.

Ceci étant dit, voici quelques conseils pour garder votre statut de mâle dominant en toute situation...

1.**Soyez toujours la personne la plus détendue,** qu'importe la situation de groupe dans laquelle vous vous trouvez. Si une autre personne à une emprise sur votre réalité, alors, elle vous domine.

2.**Soyez bavard.** Ce dont vous parlez n'a aucune espèce d'importance... Ne fermez tout simplement pas la bouche. N'ANALYSEZ RIEN.

Gardez vos réflexions pour PLUS TARD. Laissez-vous aller et parlez sans cesse.

3. Ne laissez rien affecter votre réalité. Si quelqu'un dit quelque chose dans le but de vous énerver, ne tombez pas dans le piège.

Suivez simplement ces trois règles, et vous garderez TOUJOURS votre statut de dominant. (Vous ne serez pas toujours en tête du groupe, parce qu'on ne sait jamais, et s'il y avait le président des Etats-Unis dans ce groupe ? Mais au moins vous serez proche de la tête, et c'est ce qui compte.)

Vous avez remarqué quelque chose à propos de ces trois règles, elles sont INTERNES, elles ne concernent que votre comportement personnel, gardez-les à l'esprit et vous vous débrouillerez toujours bien en situation de groupe. Vous n'avez besoin de rien mémoriser, ni de vous concentrer sur aucune mécanique particulière.

Être bavard en groupe ne veut pas dire de réciter des sketches comiques comme certains vous le conseilleront sur Internet, parce qu'à moins que vous ne deveniez TRÈS BON à le faire, vous deviendrez, au mieux, **l'animal de cirque** des autres ou, au pire, vous aurez l'air d'**un abruti défoncé à la coke.**

Il vous suffit d'être un mâle dominant et de parler de ce qui vous passe par la tête à ce moment-là, et tout se passera toujours bien pour vous en situation de groupe.

En plus de ces trois règles, les mêmes directives que pour les situations en face-à-face évoquées précédemment, peuvent être appliquées pour les situations de groupe. Vous devez vous sentir libre de pénétrer l'espace personnel d'autrui, ne parlez que de sujets qui vous intéressent, ne souriez que s'il y a lieu de sourire, etc.

En ce qui concerne la façon de gérer les regards avec les autres hommes du groupe (ou avec les hommes en général), ma question est : Pour quoi faire ? On se fout complètement de ce que pensent de vous les autres mecs du groupe.

Le seul moment où il vous faut regarder un homme dans les yeux, c'est lorsque vous lui dites quelque chose. Lorsqu'il vous parle, ne le regardez pas constamment, regardez plutôt à côté de lui. (Observez un PDG d'une grande compagnie, c'est exactement ce qu'il fait en termes de regard.)

Et le plus important, lorsque vous draguez une fille qui est avec ses amies, c'est d'**essayer de l'attirer à l'écart du groupe.** Pour qu'une femme puisse être excitée sexuellement, il faut qu'elle se sente détendu et relaxée. Le problème des groupes de filles est qu'ils développent un trop plein d'énergie contagieuse. C'est exactement l'opposé de ce que vous voulez qu'elle ressente.

CHAPITRE 22 : Avoir du Succès dans Vos Relations

On pourrait écrire un livre entier sur les méthodes pour avoir du succès dans les relations amoureuses tout en étant un mâle dominant. (Et en fait…J'ai ce livre en projet !)

Avant toute chose, pour coucher avec une femme, il vous faut établir le cadre selon lequel vous êtes en position de dominance. Une fois que vous y êtes arrivé, il vous suffit de faire perdurer ce cadre pour avoir une bonne relation qui s'inscrit dans la durée.

La meilleure façon d'y parvenir, selon ma propre expérience, est d'appliquer le concept que j'ai nommé « **punitions et récompenses** ». Pour l'expliquer simplement, vous récompensez les bons comportements et punissez les mauvais.

Si votre petite amie fait quelque chose qui vous plait, vous la récompensez par plus d'attention. Si elle fait quelque chose qui vous déplait, vous lui retirez votre attention.

Il y tellement d'hommes qui font le contraire… Lorsque leurs femmes se comportent mal (par exemple, en disant : « Non, pas ce soir »), et qu'ils les récompensent en leur faisant des câlins toute la nuit.

Faites bien attention à clarifier les limites et à ne pas tolérer les mauvais comportements. Si vous restez ferme à ce propos, ses mauvais comportements cesseront d'eux-mêmes. Et si elle sait que vous serez gentil avec elle si elle l'a mérité, elle agira de façon à ce que vouliez la récompenser.

La véritable clé du succès lorsque vous imposez vos limites est d'être capable de partir à tout moment. Voyez-vous, si votre copine sait qu'elle doit faire des efforts pour vous garder, elle les fera (et elle ne vous en aimera que plus).

Évitez tout comportements typiques d'homme de statut peu élevés comme de vous disputer avec elle. Et vous ne devez en aucun cas l'insulter. La meilleure façon de visualiser cette relation est d'imaginer que vous êtes là pour la protéger (presque comme si vous étiez son père).

Il est également important pour une femme de sentir que vous la protégez lorsqu'elle est dans vos bras. C'est pour cela que de nombreuses femmes disent qu'elles « se sentent en sécurité » lorsque vous les tenez dans vos bras.

Avoir un comportement de gentleman avec elle aide à créer l'impression que vous êtes l'homme fort. Ouvrez-lui les portes avec une attitude de dominant. (Gardez l'état d'esprit selon lequel vous êtes plus fort qu'elle, et que vous ne cherchez pas par ce moyen à gagner son affection.) Marchez côté rue lorsque vous êtes tous deux sur un trottoir.

Soyez un mâle dominant, respectez-vous et elle vous respectera aussi. Il n'y jamais aucune raison de vous expliquer ou de vous justifier. Cette relation est très bonne, et elle le restera tant que vous vous y sentirez heureux.

Même si cette relation est tout simplement merveilleuse, il est préférable que votre petite amie sache que vous pouvez disparaître en un claquement de doigt. De cette façon, vous resterez un défi permanent pour elle.

Les femmes adorent courir après un homme, alors laissez-la vous courir après. La responsabilité de l'homme c'est le sexe, pas la relation au quotidien. Assurez-vous d'avoir autant de relations sexuelles avec elle que vous le désirez (ou quittez-la pour une autre) et laissez-la faire des efforts pour le bien-être de votre relation.

En gros, la plupart du temps, vous devez vous détendre et la laisser faire le boulot. Laissez-lui la tâche de vous appeler pour que vous puissiez vous voir. Ne ressentez pas le besoin de l'appeler trop souvent.

Si elle doit vous courir après, elle ne vous accordera qu'une plus grande valeur. Il s'agit de psychologie humaine de base.

Il a si souvent été dit que « celui qui s'y intéresse le moins contrôle la relation » que s'en est devenu un cliché. Je crois que je l'ai lu pour la première fois dans un livre écrit dans les années 70.

C'est peut-être un vieux cliché, mais c'est justement parce que c'est tellement vrai. Laissez-la croire qu'elle est plus attirée par vous que vous par elle. N'accourez pas à chaque occasion de la voir.

Ceci étant dit, assurez-vous cependant que votre petite amie sache que vous appréciez ce qu'elle fait. C'est pour cela qu'elle comprendra que vous récompensez ses bons comportements.

Dites des choses comme : « Merci d'avoir cuisiné pour moi ce soir. C'était tellement bon ! Tu es la meilleure ! »

Vous pouvez également lui dire des choses comme : « Tu me fais plaisir » et « Tu me rends heureux. » Entendre cela la fait non seulement se sentir bien, mais lui donne également la marche à suivre. Votre petite amie voudra continuer à faire ce qu'il faut pour vous faire plaisir.

En définitive, la meilleure situation possible est celle où votre partenaire croit s'investir beaucoup dans votre relation et se voir bien récompensée de tous ses efforts. Vous restez ainsi en contrôle de la relation.

Bien qu'il soit bon de la laisser faire la plus grande partie du travail, vous pouvez (et devriez) faire des choses pour elle.

Surprenez-la en lui offrant de petits cadeaux. Il ne doivent pas être trop chers, parce qu'elle pourrait ne pas aimer le fait que vous cherchez à « acheter » son affection (ce qui voudrait dire que vous n'êtes plus un défi pour elle).

Soyez sûr de consacrer du temps à trouver quels cadeaux lui offrir. Une stratégie possible consiste à écouter attentivement lorsqu'elle dit aimer quelque chose. Si elle vous dit aimer une chanson par exemple, achetez-lui l'album du groupe.

Les femmes aiment les surprises et la spontanéité. Une des meilleurs façon de tuer une relation est de la rendre trop prévisible.

Offrez-lui des fleurs sans raison une fois par mois. Invitez-la à sortir par surprise. Emmenez-la dîner dans un endroit secret.

Vous pouvez accélérer le processus qui la fera tomber amoureuse de vous en évoquant votre « destinée » avec elle. Même si votre relation est soutenue par vos comportements et votre mentalité de mâle dominant, ne lui dites pas ça.

Au contraire, laissez-la vivre ses rêves à travers vous. la grande majorité des femmes veut « vivre pleinement » sa destinée avec l'homme qu'elle pense être leur âme sœur. Alors, parlez librement du destin qui vous a réuni à elle !

Tout en construisant la Bombe A (« Je t'aime »), ne dites jamais cette phrase. Vous connaîtrez un plus grand succès (et garderez un meilleur contrôle de la situation) si vous restez un défi pendant un moment. Utilisez les mots « Je t'adore » pendant quelques mois avant de finalement lui dire « Je t 'aime. »

    En conclusion, ne vous consacrez jamais à 100% à aucune femme. Conservez d'autres intérêts dans la vie qui vous permettront de prendre du recul de temps à autre.

CHAPITRE 23 : Conclusion

Tout en prenant le contrôle de vos pensées et de vos attitudes et en vous approchant de vos rêves, vous remarquerez que vous serez en train de devenir heureux d'une façon que vous n'avez jamais connue auparavant.

Avec les femmes, vous aurez tant de succès et serez si attirant que vous n'aurez jamais besoin d'autre chose que d'être vous-mêmes pour coucher avec elles.

Je vais désormais récapituler en rappelant une dernière fois une technique psychologique tout simplement géniale et que j'ai évoqué maintes fois au cours de ce livre. Cette technique a été prouvée de nombreuses fois au cours de plusieurs décennies de recherches scientifiques de ma part. (Je suis sorti avec près de mille femmes au cours des 25 dernières années, et j'ai couché avec plus d'une centaine.)

Cette technique est si simple... et pourtant si efficace. Elle est également presque impossible à découvrir par eux-mêmes pour de si nombreux hommes, car elle demande tout simplement trop d'auto-analyse.

D'une manière simplifiée, cette technique se résume à :

>1) Ne vous auto-analysez pas du tout lorsque vous êtes en compagnie d'une femme. Restez concentré sur ce qui vous vient naturellement.
>
>2) Conservez un cadre qui impose votre dominance dans tout ce que vous faites.
>
>3) Contrôlez votre propre perception de la réalité.

Contentez-vous de suivre à la lettre ces trois conseils et vous réaliserez les rêves qui n'étaient jusqu'alors que d'inaccessibles fantasmes. En fait, vous serez capable de faire mouiller pour vous n'importe quelle femme, simplement avec la force de votre esprit !

Soyez réellement vous-même. Livrez-vous et apprenez à connaître les femmes. Faites ce dont vous avez envie avec elles…Soyez romantique, baisez-les, qu'importe.

Rappelez-vous : Votre vie est faite pour que vous en profitiez et que vous vous amusiez. Pas demain, dès aujourd'hui.

En conclusion, gardez ceci à l'esprit. Avec ce guide, vous avez appris tout ce dont vous avez besoin pour devenir un mâle dominant. Maintenant c'est à vous, il est temps **d'appliquer ce que** vous avez appris, des informations sur la psychologie féminine jusqu'à la Technique du Copinage…Servez-vous de tout ! Relisez ce livre en entier et préparez-vous un plan d'action détaillé jour après jour, et suivez-le.

La simple lecture et l'apprentissage du contenu de ce livre ne changera pas grand chose pour vous si vous n'utilisez pas ce que vous avez appris ici.

    Alors sortez de chez vous et faites-le ! Je vous promets que vous connaîtrez des succès qui iront bien au-delà de ce que vous croyiez possible. Il n'y a aucun doute dans mon esprit à ce sujet.

Votre Ami,

John Alexander

D'Autres Produits (en français) par John Alexander

Comment récupérer la femme que vous aimez en moins de 30 jours - Une méthode infaillible qui vous guide pas-à-pas jusqu'à son retour dans vos bras. Vous pouvez le trouver à:

http://devenirunmaledominant.com/recupererfemme

ou

http://bit.ly/eajmmo

CPSIA information can be obtained at www.ICGtesting.com
Printed in the USA
BVOW02s0654261015

424001BV00003B/276/P